KUENSTLERHAUS EDENKOBEN
arp museum Bahnhof Rolandseck
Stiftung Rheinland-Pfalz für Kultur

»Arp im Ohr« ist ein Projekt von ArpMuseum Bahnhof Rolandseck und Künstlerhaus Edenkoben der Stiftung Rheinland-Pfalz für Kultur.

Rohrbacher Straße 18
D-69115 Heidelberg
www.wunderhorn.de

Gestaltung & Satz: Leonard Keidel, philotypen.de
Druck: NINO Druck GmbH, Neustadt/Weinstraße
ISBN: 978-3-88423-718-2

Arp im Ohr
2

Hans Thill (Hg.)

WUNDERHORN | eine Reihe des Arp Museums Bahnhof Rolandseck

Vorwort

Julia Wallner

ich habe vier naturen.
ich habe zwei dinge.
ich habe fünf sinne.
sinn ist ein unding.
Hans Arp »Straßburgkonfiguration«[1]

Hans Arp begegnet der Welt mit einem tastenden Spürsinn, behutsam nähert er sich seinen Themen. Aus der entgrenzten Fülle der Natur konnte er einen winzigen Prozess der genauesten Beobachtung destillieren und in der konzentriertesten Form wiedergeben. Die konkrete Kunst wurde zu seinem Prinzip, mit ihr konnte er eigenständige Welten erschaffen, die aus einer elementaren Anschauung erwachsen.

Die »Straßburgkonfiguration«, benannt nach seinem Geburtsort im Elsaß, ist einer der bekanntesten Texte des Künstlers. Zwei Weltkriege musste er erleben, die Technisierung und Rationalisierung der Welt wurde für ihn zur größten Herausforderung seiner Zeit, auf die er mit der zärtlichen und zugleich widerständigen Annäherung der Poesie reagierte. Kunst und Leben zu versöhnen, fasste er als sein tief empfundenes und immer neu formuliertes Credo. In vielen Disziplinen fand er dafür einen bleibenden Ausdruck. Neben der bildenden Kunst war es immer die Sprache, die sein Schaffen als Urelement begründete. Im Text schuf er eigene Formen, die parallel und in der Verschränkung der Bildebenen Bedeutung kreieren oder in Frage stellen.

1 Gesammelte Gedichte, Bd. I, S. 204

In einer weiten künstlerischen Perspektive erfand Arp einen spielerisch elementaren Kosmos. Immer neue Formen der Kombinatorik gaben einer universalistischen Sinnsuche ihren Ausdruck. In seinen Collagen, Reliefs und Skulpturen, bis in die zerrissenen Papiere (Papiers déchirés) lässt sich das De- und Rekonstruieren von Form und Inhalt immer neu beobachten. Dabei entstehen einerseits in dadaistischer Manier anarchistische Reibungen und Zersetzungen, andererseits fülligste Neuschöpfungen der Welt in fantastischen Wortgebilden und eigengesetzlicher Konstruktivität.

Das Arp Museum Bahnhof Rolandseck als Gastgeber

Jährlich empfängt das Arp Museum Bahnhof Rolandseck im Rahmen eines Literaturstipendiums des Künstlerhauses Edenkoben einen Sommergast in seinem von Birgit Schuh und Michael Volkmer gestalteten Künstlerappartement direkt am Rhein. Der vorliegende zweite Band von »Arp im Ohr« versammelt literarische Beiträge aus den letzten sieben Jahren seit Erscheinen des ersten Lyrikbandes, der 2016 aus dieser Kooperation hervorgegangen ist und eine Reihe im Verlag Das Wunderhorn begründete.

Das literarische Engagement des traditionsreichen Hauses im südlichen Rheinland-Pfalz und der Künstlerbahnhof am nördlichen Zipfel des Bundeslandes setzen damit einen über Jahrzehnte gewachsenen Dialog fort, der in der poetischen Beharrlichkeit seines eigenständigen künstlerischen Vortrags reiche Früchte trägt.

Dem übergreifenden künstlerischen Ansatz Arps eine heutige Perspektive zu verleihen und zugleich im inspirierenden, lebensvollen Umfeld des Museums, wie der ruhigen und konzentrierten Atmosphäre des Stipendiums zu arbeiten ist ein Angebot, dem die eingeladenen Autorinnen und Autoren mit Enthusiasmus, Schöpferkraft und feinstem Beobachtungssinn gefolgt sind. Der Band vereint ein weites Spektrum von poetischen Sichtweisen, die teils von assoziativen, historisch gefassten Bezugnahmen ausgehen, ihrem Stoff jedoch literarisch frei begegnen.

Barbara Tax nimmt Arps Sprache zum Ausgangspunkt und analysiert die Energien seines Formversetzens in einer kreativen Annäherung, die seinem verschlungenen Kosmos nachspürt und dabei ganz eigene Wege geht, die manches neu sehen lassen.

Tom Schulz streift mit Arp im Ohr durch Straßburg und Colmar und folgt mit seinen Worten dem Klang und Nachhall der Zeit und seinen rauschenden Ungereimtheiten, setzt beispielsweise Werbeslogans der 1980er-Jahre neben die von Arp so häufig in seinen Werken konkretisierten Wolken und Blumen.

Jean Portante begibt sich in seinen Nimrod-Variationen in einen weit ausströmenden Fluß der Wörter, die sich in einem nahezu atemlosen Dialog umkreisen, berühren und voneinander lösen.

Zweisprachigkeit war für Arp als geborenen Elsäßer ein künstlerischer Ausgangspunkt seines Werkes. Zwei Weltkriege hatten für ihn vieles in Frage gestellt, die Versprachlichung oder die wiederkehrende Unmöglichkeit, der Welt Sinn abzutrotzen, blieb ihm Lebensthema. Léonce W. Lupette folgt dieser Offenheit der sprachlichen Gefüge, unter anderem mit seinen Nachdichtungen Apollinaires, der als Dichter des Orphismus zu den vormaligen Gästen Rolandsecks zählt und in dessen Worten die kulturelle Dimension der literarischen Auseinandersetzung mit dem oberen Mittelrheintal eine neue Perspektive erfährt. Norbert Lange reist mit seinen »Arpokryphen«

durch einen selbst erdachten Lauf der Jahrtausende, in denen sich die Geschichte zu einer momenthaften Beobachtung kristallisiert. Seine »Dummkopfelegien« antworten mit dekonstruktiver Kraft und lautmalerischen Worten Arp und Rilke. Paul Waterman setzt in einer Art magischem Realismus visionäre Dialoge in konkrete Bilder, in denen sich kindliche Phantasmen mit Alltagsbeobachtungen durchkreuzen. Dagmara Kraus schließlich befragt in ihrer Recherche die Pseudo-Objektivität des computerbasierten algorithmischen Rasters und verfolgt so eine konstruktive Spur des Arp'schen Werkes – und einem oft humorvoll vorgetragenen Zweifel an der Rationalität der Welt und ihrer Sprache. Safiye Can schließlich ist mit Collagen vertreten, eine der Haupttechniken des Dadaismus, zu dessen Begründern Arp und seine Frau Sophie Taeuber-Arp zählen. Cans künstlerischer Ansatz reagiert auf die Erfahrung von Flucht und Exil und die Suche nach einer Sprache, die als mächtige Zuflucht der Zersplitterung der Welt trotzt und der Angst der Entwurzelung eine innere Heimat entgegenstellt, die mit ihren Widersprüchen leben kann und daraus Neues schöpft.

Dank

Das ganze Team des Arp Museums dankt den Stipendiatinnen und Stipendiaten der letzten Jahre für immer neue Begegnungen und fortgesetzte Dialoge. In den Räumen der Kunst schaffen sie Widerhall auf ihre Zeit und bauen Brücken nicht nur zwischen den Künsten, sondern auch zwischen den Menschen, die eine gemeinsame Sprache eint, auch und gerade, weil diese oft schwer zu fassen ist. Zweifel, Hoffnung und Versöhnlichkeit, das lehren uns die Texte Arps, sind Grundfeste der Welt zu begegnen, ihren großen Fragen kleine Beobachtungen entgegensetzend.

Die Präzision der Dichtung vermag manch Kompliziertes zu entwirren helfen.

Wir freuen uns mit Hans Thill, dem verdienten Leiter des Künstlerhauses und des Stipendienprogramms auf das Abenteuer alles Kommenden. Denn das Nachdenken über die Kunst hört nie auf und findet immer neue Formen. Dieses Buch als Exzerpt einer konzentrierten Arbeit der letzten sieben Jahre begleitet ein Programm des Austauschs und des Dialogs, das in seiner Strahlkraft weit über das Land Rheinland-Pfalz hinausreicht. Es ist uns Freude und Ehre zugleich, weiter geistiger und körperlicher Gastgeber zu sein und damit beizutragen zu einer künstlerischen Perspektive, die das Leben ungemein bereichert. Für das Team des Arp Museums zeichnen Heike Henze-Bange (Leitung Kunstvermittlung) und Petra Spielmann (kaufmännische Leitung).

Vorsatz
„Ich grüße dich Arp, du leichtes Lächeln der marinen Regenfälle“
Hans Thill

Bei manchen Namen genügen drei Buchstaben, womöglich die eingängigsten, weil ja auch das Ohr nur aus drei Buchstaben besteht. Hans Arp hat sich nie darauf verlassen, übrigens genausowenig wie Jean Arp. Bei aller Schlichtheit erweitert sich seine Poesie ständig, wächst mit den Bedeutungen, als wäre auch hier der Name ein Programm. Wenn man diesen vom gehörten wieder in eine schriftliche Form bringt, kann es sein, daß man unversehens ins Französische gleitet. Dann wird Arp zu Harpe, einem Zupfinstrument, einer Kralle, (auf Englisch:) einer Mundharmonika.

Arp im Ohr, als Formel genommen, ist mehr als ein Buchstabenspiel. Es versteht sich als eine Reihe mit wachsendem Mut zur Zeitgenossenschaft. Aktuelle Autorinnen, allesamt mit einem Hang zum Experimentellen ohne den tierischen Ernst mancher Avantgardisten aus jener Zeit, »als die Surrealisten noch Recht hatten«, suchen Rolandseck für eine kleine Klausur im Geiste Arps. Was sie mit dem Dichter und dem Künstler Arp zusammenbringt, ist hier in dieser Anthologie zu besichtigen.

Eine Hommage an den Künstler Arp, Fundstück aus den endlichen Weiten der Universitätsbibliothek Heidelberg, sei angefügt, verfaßt vom Dadaisten der ersten Stunde, Tristan Tzara, der als einer der wenigen dieser Bewegung zeitlebens sich selbst treu geblieben ist – wie der für seinen Künstlermut von ihm gepriesene Jean Arp übrigens auch. Es ist ein Stück aus den Anfängen (1924) der Modernen Kunst, freilich von großer programmatischer Bescheidenheit und klarsichtig in die Zukunft der Moderne blickend.

»Ich kenne Arp seit dem zartesten Kindesalter unseres politischen Gottes. Sein Haarschnitt war nach der ägyptischen Mode der Dreiecke in Dur und er tanzte den Step wie kein zweiter [...] und aß auch nur das Fleisch belgischer Kinder.

Arp entfernte sich auf dem Schwarzen Weg, fand Seen, wo Gott sich in amerikanischen Vergnügungen ausgießt. Folgt man aus der Nähe den Rändern seiner Zeichnungen, wächst eine Form zum magischen Tausendfüßler, wird die andere ein Stuhl, entwickelt ein offenes Buch Heuschreckenflügel, weshalb wir vor der Tür eines Trödlers für alte Wolken stehen bleiben, weshalb das Blut aus diesem Gyroscopen-Auge läuft, und das alles ist eine Lavablüte. Wo alle Maler schöne Sachen machen, will Arp es weder gut noch schlecht machen, weder groß noch klein, weder rechts noch links, er zeichnet unvermittelt, als könnte sich aus seinem Zeigefinger die Pinseltusche ausgießen. Ein verborgener Transformator erweitert seinen Reichtum an unerwarteten Bildern, seine vielfältigen Augenblicke und seinen Schlaf, ganz problemlos wie die zerebralen Streifzüge in marinen Träumen, die Linie fließt und zieht sich zurück über seltsamen Proportionen. Nichts ist mystisch an ihm, er hat nichts von der plumpen, vulgären Weisheit der dogmatischen Propheten Moderner Kunst, es ist nichts weiter als ein Spiel, das Leben und seine Emotionen, ohne den absurden Unterschied, den man zwischen leicht und ernst zu machen pflegt. Ist Gott leicht oder ein Schwergewicht? – ernst oder spirituell? – all das ein schlechter Witz. Ich liebe Arp dafür, daß er das weiß, nicht an Genies und nicht an Idioten glaubt, wie er weiß, daß wir alle nur nächtliche Ausdünstungen sind, die einer finsteren Phantasie entsprangen.

Vor einem Sessel sah er mit fettem Blick, daß sein Großvater eine riesige Bouillabaisse geworden war. (Tabakplantagen.)

Genießen wir, noch ist es Zeit, bevor die Kunst sich verkauft wie Diplome von kubistischen, futuristischen oder puristischen Paukern, diesen Blutegeln organisierten Dünnsinns, diesen Nervensägen der Selbstzufriedenheit sowie der stinkenden wissenschaftlichen Eitelkeit. Ich grüße dich Arp, du leichtes Lächeln der marinen Regenfälle.«[2]

Diese Grußbotschaft des unruhigen Dichters Tristan Tzara trägt den schlichten Titel »Arp«. Sie denkt und sieht sich in Arps Bilder hinein, wir können aber das Register der Transformationen unschwer auf die Gedichte Arps anwenden. Umso mehr, als jeder und jede der hier versammelten Autorinnen und Autoren sich der Text-Bildgrenze annähert oder sie sogar überschreitet. Zu allererst trifft das auf Barbara Tax zu, auf Safiye Can und ganz besonders Léonce W. Lupette (»Readymade heureux«, Duchamp läßt grüßen), prägt aber auch die lyrischen Landschaftsbilder und Topoi von Tom Schulz, der das Elsaß heimsucht, setzt sich fort in den Gedichten des Luxemburgers Jean Portante und den Erkundungen von Dagmara Kraus und Norbert Lange, schließlich in dem gleichsam unschuldig-krassen Löwenmärchen von Paul Waterman. Und wir nehmen den Namen wörtlich. Da gibt es Dagmara Kraus' »arpropiation«, Norbert Langes »Arpsenile« und »Arpokryphen«, ein ganzes »Arpmünster«

2 Aus: œuvres complètes tome 1, 1912–1924, Paris, flammarion, 1975. Deutsch von HT.

bei Tom Schulz. Sie alle nähern sich auf unterschiedliche Weise ihrem Ohr-Patron und entfernen sich von ihm. Der Leser sei nun aufgefordert, die Spuren selbst nachzuvollziehen.

Und solange sich prominente Autoren finden, die sich auf das Spiel mit den drei, vier Buchstaben einlassen wollen, wird das Projekt weitergeführt. Arp im Ohr, eine kurze Formel, die sich in die Zukunft schreibt.

Barbara Tax
Der Formversetzer

Hans Arp schätzte die großen unbeweglichen Skulpturen von Alexander Calder und nannte sie »Stabiles«, im Gegensatz zu den berühmten Mobiles. Calder malte ein Tuscheportrait von Arp 1956. Arp war 60 Jahre alt und in New York erfolgreich: Auf der Biennale in Venedig hatte er 1954 *den großen Preis* für Plastik gewonnen, sein Freund Max Ernst den für Malerei. 1958 zeigte das MoMA, das Museum für Moderne Kunst in New York, eine Retrospektive seiner Werke. Die Aufträge für seine Skulpturen kamen von überall.

173 Werke gibt es heute von ihm auf der Website des MoMA online, darunter eine seiner ersten Zeichnungen von 1914. Eines seiner frühesten Gedichte, »Der Frühling«, wurde in der ersten und einzigen Ausgabe von »Der Stänkerer« 1904 abgedruckt.

Hans Arp war beides, Bildhauer und Dichter, und er ist es sein Leben lang geblieben.

»Kann man einen Traum kaufen
oder das Lied einer Blume
oder die Blume eines Traumes
oder den Traum einer Wolke«[1]

Die Formen von Arps Plastiken werden, wie die Worte seiner Gedichte auch, immer wieder neu montiert. Er verwendet, was er geschaffen hat, wieder, wiederholt es

1 Arp, Hans: Gesammelte Gedichte III. Verlags AG die Arche. Zürich 1984, S. 148.

in variierter Form und datiert es um. Worte wie Formen werden anders gesetzt und benützt. In seinen Reliefs, die er in der Dada Zeit fertigte, sind die Teile der Holzskulpturen mit Schrauben befestigt, dreidimensional aufeinander, anfangs sind die Schrauben noch sichtbar, später nicht mehr. Gerne löste er die Schrauben und setzte die Elemente neu. Eines seiner ersten Reliefs von 1912 hatte er Wassily Kandinsky geschickt, dann gefiel es ihm nicht mehr: »Wenn ich das Relief betrachte, schießt mir eine Welle Blut zu Kopf, es ist elend schwach, bitten schicken Sie es mir zurück.«[2]

Auch die Gedichte werden neu formuliert, indem er die Worte beibehält, sie aber neu arrangiert.

Das Wort Wolke ist, angefangen von dem berühmten Gedicht »Wolkenpumpe« (1920) über das Gedicht »Unter den Wolkentischen« (1953/54) bis zu »Eine flache bleierne Wolke« (1955), ein Arpwort und eine Arpform. Es gibt ein kleines Bild von 1904, (dem Jahr der Veröffentlichung seines ersten Gedichts), in blau, grün, braun und weiß, nur 25,3cm×17,9cm groß, auf dem sind zwei Bäume zu sehen und eine große weiße Wolke, es heißt: »weiße Wolke« (Landschaft bei Straßburg).

Arp ist Bildhauer und Dichter und er ist ein Formversetzter.

Seine Holzschnitte von 1916, die er zu den dadaistischen Lautgedichten von Richard Huelsenbeck gemacht hat, zeigen achsensymmetrisch angeordnete geschwungene Formen und ähneln den »Poupées« aus den 60er Jahren.

2 Brief von Hans Arp an Wassily Kandinsky, 23.8.1912 in: Kat. Stuttgart 1986, S. 284. In: Suter, Rudolf: Hans Arp, das Lob der Unvernunft. Scheidegger und Spieß. Zürich 2016, S. 54.

Auch die Leerstellen wiederholen sich. In den ersten Holzschnitten gibt es sie schon, leere runde Löcher, sie machen bis heute seine Skulpturen wiedererkennbar.

So gibt es zum Beispiel mitten im »Schnurrhut«, eine der insgesamt sieben Lithographien[3] in der berühmten Ausgabe von *Merz* 5, die er gemeinsam mit Kurt Schwitters herausgab, zwei Löcher. Diese Lithographien bezeichnet Arp die »Arpaden«. So nennt er auch Gedichte, die er ab 1917 schreibt – hier wieder die Analogie zwischen dem bildhauerischen und dem dichterischen Werk. Kurt Schwitters, den er 1918 in Berlin kennengelernt hat, ist ein Jahr jünger als Arp und ihre Zusammenarbeit ist für beide sehr produktiv, Arp arbeitet auch an Schwitters Roman und Kurzgeschichten mit. Im August 1923 sind sie zusammen auf Rügen in Urlaub, dort setzen sie Reliefs aus Treibholz zusammen. Der »Breite Schmurchel« zum Beispiel entstand gemeinsam, *Merz 5* erschien im Sommer des gleichen Jahres. Auf Rügen mit dabei waren Schwitters Frau Helma, ihr gemeinsamer fünfjähriger Sohn Ernst, Sophie Taeuber und Hannah Höch. Drei Jahre jünger als Arp, ist auch sie gut mit ihm befreundet. Sie schreibt: »Auf der Rückreise nach der Schweiz kamen die Arps über Berlin und wohnten bei mir im Atelier. Sophie fuhr bald weiter, ihr Urlaub war zu Ende. Arp blieb noch eine Woche bei mir, er hatte in Berlin zu tun [...]. Aber was unauslöschlich ist in meinen Erinnerungen: In einem nicht endenden schöpferischen Prozess strömten unbekannte neue Wortschöpfungen, Wortgebilde, farbig, phanta-

3 Die sieben Lithographien sind: »Schnurrhut«, »das Meer«, »ein Nabel«, »die Nabelflasche«, »Schnurruhr«, »Eierschläger«, »Arabische Acht«. www.degruyter.de – Schwitters, Kurt: »Merz 5 Arp Mappe«. *Band 4 Die Reihe Merz 1923–1932*, edited by Ursula Kocher and Isabel Schulz, Berlin, Boston: De Gruyter 2019, pp. 107–126. https://doi.org/10.1515/9783110624113-007

siegeladen, beziehungsreich, [...] aus einem übervollen Reservoir.«[4]

Beide besitzen Werke des anderen und in ihrem Gedicht »An Hans Arp« heißt es bei Höch: »Aber er schneidet den Horizont jeden Morgen neu zu.«[5]

Hans Arp schneidet auch tatsächlich seine Formen zu. »Für die Reliefs zeichnet er zunächst Formen auf Karton, schneidet sie aus und arrangiert sie solange, bis er mit dem Entwurf zufrieden ist.«[6] Diese Kartonschablonen werden öfter verwendet. Schon von Anfang an gibt er dabei die Materialarbeit in Auftrag, auch die Holzplatten für die frühen Reliefs lässt er von einem Schreiner aussägen.

Worum ihm es dabei geht, formuliert er in seinen Tagebüchern: »Erst in unserer Zeit hat sich die bildende Kunst vom Abbild einer Mandoline [...] einer Landschaft befreit. Ich liebe die Natur, aber nicht ihren Ersatz. Die naturalistische, illusionistische Kunst ist Ersatz.«[7] Keine naturgetreue Abbildung, sondern eine Art Absichtslosigkeit. Seit den 30er Jahren spricht Arp von »Concrétion«, er schreibt:

»Concrétion bezeichnet den naturhaften Vorgang der Verdichtung, der Verhärtung, des Gerinnens, des Dickerwerdens, des Zusammenwachsens. Concrétion bezeichnet den Vorgang des Verhärtens einer Masse. »Concrétion« bezeichnet die Verdichtung, die Masse des Steins, der Pflanze, des Tieres [...] Concrétion ist etwas,

4 Ohff, Hein: Hannah Höch. Gebrüder Mann Verlag. Berlin 1968, S. 27.

5 Riha, Karl und Schäfer, Jörgen: DADA total, Manifeste, Aktionen, Texte, Bilder. Philipp Reclam jun. Stuttgart 1994, S. 131.

6 von Asten, Astrid in: hrsg. v. Wallner, Julia: Hans Arp, der Nabel der Avantgarde. Georg Kolbe Museum Berlin 2015, S. 65.

7 Ebda: S. 156 (H. Arp, Tagebücher Faksimile Nr. 21: 1932)

das gewachsen ist. Alles was ist, ist »Concrétion, also auch die Kunst.«[8]

Dabei spielt die Absichtslosigkeit eine wichtige Rolle.

Der Dichter und Übersetzer Michael Hamburger beschreibt 1977:

»Hans Arp, der die Absichtslosigkeit zu einem Strukturprinzip machte, wollte ganz gewiß mit seinen Gedichten nichts bewegen, selbst den Sinn – oder Unsinn – seiner Gedichte überließ er dem Zufall, dass sie aber trotzdem einen Sinn haben und fast alle Möglichkeiten der Lyrik durchspielen von Scherz, Satire, Ironie zur tieferen Bedeutung, von reiner Phantasie zum persönlichem Bekenntnis und zur Allegorie, bestätigt seine eigene Bemerkung: *Bevor Dada da war, war Dada da.*«[9] Die Spielerei mit der Sprache und der Witz von Arp, der Hugo Ball sehr mochte und dessen Bücher er mit selbstgestalteten Buchumschlägen einband, ist bekannt.

Seine Neuschöpfungen in den Gedichten sind skulptural, wie zum Beispiel die Neologismen »Grünspanrüssel« oder »Heroldseuter« und bildhaft wie das »Hagelwittchen«. Seine Briefe und Postkarten tippt er auf der Schreibmaschine und: »der Dichter kräht, flucht, seufzt, stottert, jodelt, wie es ihm passt. Seine Gedichte gleichen der Natur: sie lachen, reimen, stinken wie die Natur.«[10]

Die Poesie und die Plastik gehören für ihn zusammen, es sei unmöglich, die Bildenden Künste von der Poesie

8 Arp, Hans: Unsern täglichen Traum. Erinnerungen, Dichtungen und Betrachtungen aus den Jahren 1914–1954. Arche Verlag. Zürich 1995, S. 83.

9 www.planetlyrik.de 13. Dezember 2021. Michael Hamburgers Besprechung von Häuser von Hans Arp, erschienen im 2. Band der Frankfurter Anthologie 1977.

10 Arp, Hans: Unser täglicher Traum. Arche Verlag. Zürich 1995, S. 54.

zu trennen, schreibt er in der Zeitschrift »Minotaurus«. Wörter haben ein »plastisches Volumen, das nicht von ihrer Bedeutung abhängt«.

»Arp ist Art«, wie Duchamp es nennt, er kommentiert sich, spricht von sich selbst in dritter Person, verspottete sich indem er übertreibt: »Er hat bei mir kilometerlange Monumente aus Wolken bestellt und sofort bezahlt,«[11] heißt es in dem Gedicht »Aus Wolken« von 1959. Seine Arbeitsweise ist mühsam und sorgfältig, die Weiterverwendung und Variation von Elementen auch schwierig. Sophie Taeuber schreibt über seine Arbeitsweise: »Hans hat noch fast alle Arbeiten, die er seit November gemacht hat, unfertig, er hat etwa die Hälfte zerstört und die andere Hälfte so oft umgeändert, daß alles wieder übermalt werden muss....«[12] Über die Arbeit an den Gedichten notiert Sophie: »Arp arbeitet allerdings jeden Abend im Bett und manchmal mitten in der Nacht, wenn er nicht gleich wieder einschlafen kann an seinen alten und auch neuen Gedichten [...] und am Morgen wandern unzählige Papierfetzen in den Papierkorb.«[13]

»Weil alles auf dieser Welt
zum Lachen traurig ist,
will ich den Monden,
den unermüdlichen Traumtänzern,
nicht nachstehen
und lasse darum

11 Arp, Hans: Gesammelte Gedichte. Limes Verlag. Zürich 1984, S. 109.

12 Suter, Rudolf: Hans Arp Das Lob der Unvernunft. Scheidegger & Spieß. Zürich 2016, S. 259.

13 Ebda: S. 260.

ein weiteres Mondgedicht
tanzend in das Bodenlose wehen.«[14]

Heute werden die öffentlichen Skulpturen von Arp restauriert.

In einer Ausstellung in Harvard werden 2019 – fünfzehn Jahre waren sie nicht zu sehen – die restaurierten »Constellations 2« gezeigt, dreizehn Panele in biomorphen Formen, die 1950 im Speisesaal von Harvard aufgehängt waren, in Auftrag gegeben hatte sie Walter Gropius.

In Braunschweig werden die sechs »Wolken« aus Aluminium 2019 wieder an der Außenwand des Audimax der Technischen Universität mit Kränen hochgezogen und dann befestigt.

Wolke, Traum, Stern, grau, das sind Arpwörter und Arpformen.

Über die Wiederverwendung schreibt er:

»In diesen Gedichten verwende ich öfter die gleichen Wörter. Die unfassbare Vielfalt, mit der die Natur eine Blumenart in einem Feld anordnet [...] haben mich wahrscheinlich angeregt, das gleiche mit Worten zu versuchen, ich schreibe Gedichte mit einer beschränkten Anzahl von Worten, die in verschiedenen Konstellationen auftreten.«[15]

Arp spielt mit den Worten. Max Ernst beschreibt seine Sprache als eine »hypnotische Sprache, die uns zurück-

14 Arp, Hans: Gesammelte Gedichte III. Verlags AG Die Arche. Zürich 1984, S. 95.

15 Suter, Rudolf: Hans Arp, das Lob der Unvernunft. Eine Biographie. Scheidegger und Spieß. Zürich 2016, S. 128.

führt in das verlorene Paradies [...] und uns lehrt, die Sprache, die das Weltall spricht, wieder zu verstehen.«[16]

Auf seinem Grab in Locarno steht eine seiner schönsten Skulpturen. Schon 1956, zehn Jahre vor seinem Tod 1966, hergestellt: Ein fünfzackiger Stern – mit einer Leerstelle in der Mitte.

16 Ebda. S. 158.

Tom Schulz

Arpmünster

In das Innere der Kathedrale, die wir wenige Tage vor der
Sonnenwende besuchen,
fließt ein enormes Licht, ein magnetischer Strom. Durch
die Buntglasfenster dringen Sonnenstrahlen, die
sich in mehrfarbiges Licht verwandeln, an manchen
Mittsommertagen
soll es grün sein. Ein Lichtfleck, der am Boden wandert.
Wir sehen das kreisrunde Fenster zur Welt. Das riesige
Rosetten-Fenster scheint uns
wie ein Auge, ein alles sehende Auge, durch das wir sehen
können. Das Glasauge
einer Seherin. Das wie das Auge eines Huskies grün und blau
beinhaltet und wie ein Strahlenkranz leuchtet. Beglückt
treten wir wieder hinaus und erblicken Menschentrauben.
Eine Reiseleiterin hält ihren gelben Schirm in die Luft, die
Touristen rücken aneinander
und lauschen gebannt den Worten der Frau. Eine Schulklasse
oder eine Gruppe Pfadfinder sammelt sich vor dem Eingang
zum Turm. Wir gehen weiter, an Souvenirläden und Cafés
vorbei. An der nächsten Straßenecke blicken wir auf einen
Platz mit einem Karussell.
Auf dem Karussell sind Löwen, Elefanten, Nashörner – und ein
einzelnes Kind.
Wir werden leicht, denn diese elsässische Helligkeit tut dem
Gemüt gut, die Sprachen
und Gedanken mischen sich. Von allem etwas, nichts
ausschließlich.
Wie Schweinerippchen mit Schokoladensauce und
Erdbeerrotkraut. Wenn es ein
passendes Gericht gäbe, neben den bekannten elsässischen
Spezialitäten, wäre es

dieses. Wir stehen am Alten Fischmarkt, in der »Rue du Vieux Marche aux Poissons« und entdecken eine Tafel, die an einer Hauswand angebracht ist, auf der zu lesen steht:

DANS CETTE MAISON EST NE
JEAN HANS ARP
POETE SCULPTEUR PEINTRE
1886 - 1966

Die Sterne sind Brunnen
und Samen

mit Jean Hans Arp

Die Herzen sind Sterne,
die im Menschen blühen.

Ich singe dir die Wolken, sehr weit oben
sind sie weiß? Und was heißt blau oder
das Blaue vom Himmel.

Alle Blumen sind Himmel.
Alle Himmel sind Blumen.
Alle Blumen glühen.
Alle Himmel blühen.

Die Bänke, Kumulus-Wolken, wie eine Herde
Schafe ziehen sie vorüber. Blumen-Schafe.

Die Meere sind Blumen.
Die Wolken sind Blumen.

Ich singe dir ein anderes Blau, ich singe dir
(die Meere und die Wolken)

Die Sterne sind Blumen,
die im Himmel blühen.
der Mond ist eine Blume.
Der Mond ist aber auch eine große Träne.

singe die Spitze des Eises
und der Berge, stehe ich vor der Traufe
singe, *singe für dich.*

Alle Blumen blühen für dich.
Alle Herzen glühen für dich.

Deine Brauen sind Falter, der Baum hat Federn.
Dieser Vogel ruft zwischen Winter und Februar.
Zunge spricht wahr, küsst Salz und Eis.
Du bist eine schwarze Wolke in einem Kleid.

Wir zogen hell
durch Glanz und Duft.

Auf den Stufen von Sant'Apollinare umarmten
wir einander. Die Entfernung zwischen uns:
mit jedem Hauch geringer.

Nun tut das Licht mir weh
und niemand ruft
und zeigt mir eine Blume
und einen Stern

Du schenktest mir Brunnen.
Fülle, was ich dir geben konnte, *Sterne*
und Samen.

Nun bist du fortgegangen.
Was soll ich hier gehen und stehen.
Ich habe nur ein Verlangen.
Ich will dich wiedersehen.

Niemand ist vor dem anderen gestorben.
Alle haben gelebt. Die Blumen gegossen,
die Scheine in den Tiefkühler gelegt.
Ich werde nicht vor dir sterben, du nicht vor mir.
Alle werden nicht voreinander sterben, nicht
nacheinander.

Ich will auch schlafen.
So wie du schläfst
in Gold und tiefer Ferne
in einem reinen Wiegen.

Als du schliefst, so wie ich schlafen würde.
Als ich träumte: dieses Gedicht.
Sanfter als der Tropfen Quellwasser auf der Haut.
Einfacher als ein Apfel und ein Igel.
Verständlicher als das Rot der Wangen.

Deine Flügel glänzten
wie junge Blätter.
Dein Gesicht
war ein weißer Stern.

Wir möchten ihr erzählen, dass wir leben.
Dass wir träumen, dass wir wissen:
Wir werden geträumt. Berühren das Gesicht,
die gefalteten Hände nehmen aus dem Schoß,
sehen, wie sich die Lippen schließen, wie sich
die Stirn entfernt.

Seitdem du gestorben bist,
danke ich jedem vergehenden Tag.

Alle werden von der Erde geschaukelt, alle
werden noch einmal den Basalt küssen und
den Bauchnabel. Alle sind jung und alt.
Alle sind innen und außen auch schön,
alle haben gelebt.

Jeder vergangene Tag
bringt mich dir näher.

In der Tasse ist Wasser, in der Kanne
Kaffee.

In Colmar sah Arp einen nackten Mann
ohne Tasche.

Arp in Katzenthal

Philippe Soupault stahl ein Brot
mit Kümmel und Käse. Der Vater, ein Ex-
Leutnant der ukrainischen U-Boot-Flotte
starb vor seiner Geburt. Dies wusste

von allen Hans Arp, vor allen anderen
formte er schwimmendes Treibgut wie
Rigips. Kaute einen Extrakt von Sonnen-
Blume und Schiefer.

Als Feiningers zwanzigste Kirche, schraffiert
den Himmel über Katzenthal aufhielt
nieder zu gehen – schrieb Arp von einem Ei.

Einige Frauen aus der Region Haut-Rhin
banden ihm eine Zeile Spätlese
ins Haar, alles duftete nach den Brombeerwäldern.

Vom Grand Cru Sonnenglanz

Beblenheim

Auf einem Acker von Pierre Sparr
trinkt Hans Arp ein Glas *Klevener de Heiligenstein.*

Die süßen Trauben pflücke ich
für einen weißen Hund mit schwarzer Stirn.

Wenn ich mit Zitaten um mich werfe
apportiert das Tier die Fleischstückchen.

In einen Eierschneider packe ich die alte Sonne
und erfinde die Lamellen-Kunst.

Schwere Steine, müdes Land
drangsalierte Wagenräder – ein jeder

reist aus nach Drag City. Raus
aus dem Knirschen der Säge.

Da ist das Jahr vierzehn bis neunzehn:
Zu viele Särge bei Maginot und Co.

Ins Gelobte Land

Arp flieht aus Rappschwihr

Im Hotel »Au Riesling« trifft Hans Arp
lauter lustige Leute. Bleisetzer, Bandweber
Kuttler in der vierten Generation. Deutsche Rentner-

Cops. Haftgrund, drei Phasen Kukident.
Wir bitten Sie, sie werden platziert.
Ähnlichkeiten mit Traudl Junge und anderen Personen
sind rein zufällig.

Kauen auf falschem Filet.
Lesen weder Trauben, noch Zeilen.
Verstehen nicht *Gare.*

Der weiße Hund schnappt nach einer Wespe.
Arp zieht den Wolkenanzug an.

Abspann

Colmar, 19.09.2023

I

Unterlinden, Schongauer Grand Cru

Auf einem Stuhl aus dem Bistro *Der Stamm*
an der Domkirche sitzen, in einer Nische
ohne Jean oder Hans; so dass dich die Vorüber-
Gehenden nicht erkennen können.

II

Keiner schließt die Wunde mit Fingern
leicht, keiner weint. Keiner sieht das tropfende
Auge des Eisbären. Keiner hat angelegt.
Keiner kennt den Lauf, keiner pflanzt einen
Kirschkern in die Muskete.

Keiner ist dieser andere mit dem Schnitt
in der Brust. Keiner legt die Hand auf die Stelle.
Keiner sieht noch ein Segel, keiner hebt
den Segen wie einen Bierdeckel auf das Glas.
Keiner versteht Wespen und Wesen, die fliegen.

Keiner war das Pferd und der Apfel auf dem Karussell.
Keiner die Leerfahrt, der tanzende Staub.
Keiner trug ein Herz auf der Zunge, keiner war
die Luft zwischen Thorax und Lunge. Keiner
säugte das letzte Nashorn von Colmar.

Keiner begrub unter sich die Welt. Keiner
hatte einen Bruder aus Dotter und Eischaum.
Keiner sah hinter die verschlossene Tür.
Keiner dachte an den Feind hinter dem Niemands-
Land. Keiner starb im Arm des Fremden.

Keiner legt die Fahne zwischen die Wäsche.
Keiner sagt: Schmutzwäsche. Keiner: Mangel.
Keiner beatmet den verbotenen Mund. Keiner
sieht das Zwerghuhn am Schredder. Keiner
bindet Sauerkraut um den schlimmen Finger.

Keiner spricht vom *Gau Baden*. Keiner badet
gerade die Hände in Geschirrspülmittel. Keiner
besprüht die Lampions, keiner streicht das Pferd blau.
Keiner wie einer mit Seitenstechen. Keiner, wie du
der nackte Mann hinter den Fenstern.

Keiner wie Finsternis, keiner wie Licht. Keiner
wie Fließbeton, keiner wie Freiheit. Keiner
wie Zwangsmischer, Kelle und Kropf. Keiner
wie Überbein, keiner wie Amnestie. Keiner
wie das Haar eines Toten im Kamm. Keiner

in einem Paradies von Wiederkäuern. Keiner
die unaufgezogene Uhr. Keiner mit Wolkenpass.
Keiner mit einer Passage. Keiner ein Schiff, keiner
der Strand. Keiner wie Blut und Egel. Alles wie
keiner und niemand, wie verschüttete Milch.

Und das Geräusch der Kehrmaschinen. Alles
wie Augen in der Suppe. Alles wie Fritteuse
und Nierenfett. Alles wie die Verdammten der Erde.
Wie Einschusslösser in rotem Backstein. Alles
bis auf die Unterwäsche schwarz. Alles beziffert.

Daumen auf Waagschale. Befeuchtete Briefmarke.
Schreib mir, mein Name sei Nepomuk. Wirf es ein
mit sanfter Pfote. Die Spatzen, die Sommerzeit
nach dem Sommer. Die Täter, und ein toter Igel
am Rinnstein. Die Stundung, der Titel. Schlüssel

und Schlüsselmutter. Wachstuch und Wachturm
hinter der Mauer. Ein für zwanzig oder dreißig Jahre
bezahltes Familiengrab. Die Gebührenverordnung
für Wundnaht und Kastration eines Hundes.
DIN EN 295 für Steinzeugrohre und Formstücke.

Ich schreibe dir, Ami, von der Rückeroberung
der geneigten Ebene. Von der Nacht
im Hotel *Le Maréchal*. Jemand weint, weint
wie die Guppis im Aquarium, hinter der dünnen
Wand. Das Rauschen der Klospülung.

Im Spätprogramm: Jean Gabin wäre mir lieber
als Darsteller der Resistance. Keiner, der liest.
Hier gibt es kein Sealand, und der Schnee
heißt Neige. Jemand legt eine Hand in dich.
Hier bin ich, ein Stockfleck oder Trockenfisch.

Hier bin ich, wie die anderen, an einem Ende
des Flurs – *the end of trying*. Keiner, der von
dem Drachen weiß, der leuchtet. Keiner, nur dieses
Zwitterwesen mit einer Stimmprothese. Der Puppen-
Mörder im Traum, und die Schergen. Keiner, der

zu dir spricht, kein anderer tötet dein Gedicht.
Keiner morst jetzt das Zeichen. Auf dem Nachttisch
das Glas mit Anis. Keiner, der wacht. Niemand
der dein Name, der du bist im Himmel. Ich bete
für dich von der Schnur die Perlen, die Kränze.

Jean Portante

Nimrod Variationen

Übersetzt von Léonce W. Lupette

VARIATIONS NIMROD

I

On t'a pour faire diversion
enfoncé des clous dans la langue
les mains viendront plus tard
quand il n'y aura plus rien à toucher
viendront aussi les pieds
et les chemins qui les dispersent
mais toi tu as trop peu marché
pour qu'un étranger venant
te renier te reconnaisse
attend-il que croasse le corbeau
est-ce pour prier qu'il pose à terre
son genou droit ou pour retirer
scrupuleusement de sa sandale
le calcul qui l'empêche de parler.

NIMROD-VARIATIONEN

I

Man hat zur ablenkung dir
nägel geschlagen in die zunge
die hände kommen später
wenn es nichts mehr zu fassen gibt
kommen auch die füße
und die wege die sie streuen

du aber bist zu wenig geschritten
als dass ein fremder der daherkommt
dich zu verleugnen dich erkennte
wartet er dass der rabe krächzt
ist es zum gebet dass er sein rechtes knie
setzt auf den boden oder um skrupulös
von seiner sandale zu streifen das kalkül
das ihn daran hindert zu sprechen.

II

Raphèl may amèch zabì almì
DANTE ALIGHIERI, *Inferno*, canto XXXI, 67

Le voilà malgré tout puni
à la porte du cercle de la trahison
prononçant les cinq mots de sa langue
que lui seul entend – au-delà
les foules douloureuses
se bouchent les oreilles
à quoi aura servi tant de rébellion
c'est vers le bas que tend la tour
à chasser il n'y a plus que le babil
que du puits épuisé il puise
à construire il n'y a plus que la confusion
qui là-haut hausse les épaules – les
poseurs de feu viendront plus tard
brûler ce qui reste des bibliothèques.

II

Raphèl may amèch zabì almì
DANTE ALIGHIERI, *Inferno*, canto XXXI, 67

Da steht er trotz allem bestraft
am tor zum kreis des verrats
und spricht die fünf worte seiner sprache
die allein er versteht – jenseits davon
halten die schmerzgeplagten mengen
sich die ohren zu
was wird sie genützt haben all die auflehnung
nach unten neigt sich der turm
zu jagen gibt es nur noch das babbeln
das er schöpft aus dem erschöpften brunnen
zu erbauen gibt es nur noch die verwirrung
die dort oben mit den schultern zuckt – die
feuerleger werden später kommen
zu verbrennen was verbleibt von den bibliotheken.

III

Ô cœur
sans écho !
En toi commence et finit
l'univers.
FEDERICO GARCÍA LORCA

Est-ce entre euphrate et guadalquivir
où se pavane sans écho l'autre fauve
que le géant a pris possession de la terre
puisque de ciel il n'y en avait plus
à étayer – fatiguées étaient ses épaules

à force de porter pourtant
l'orage a éclaté plus diluvien
que d'habitude il en reste des traces
sur ces chemins qui sans cesse
disparaissent dans le cœur et la
poussière sur l'un d'eux mais
c'est plus au sud et bien plus tard
six fusils de vent ou peut-être sept
ont troué une âme qui pourtant parlait.

III

Ach Herz
ohne echo!
In dir beginnt und endet
das All.
FEDERICO GARCÍA LORCA

Liegt zwischen dem euphrat und guadalquivir
wo umherstolziert ohne echo das andere raubtier
der ort wo der riese besitz ergriffen hat von der erde
denn himmel gab es keinen mehr
zu stützen – müde waren seine schultern
so viel schulterte er jedoch
hat das gewitter sich sintflutlicher
als gewöhnlich entladen spuren hinterließ es
auf diesen wegen die unaufhörlich
sich verlieren im herzen und im
staub auf einem von ihnen doch
weiter im süden und weitaus später
haben sechs windgewehre oder vielleicht sieben
eine seele durchsiebt die jedoch sprach.

IV

Puisque tu as été le premier
après l'eau à mettre pied à terre
avant les serpents en tout cas
et les autres régiments
contre qui aurais-tu pu lutter
si ce n'est contre le gardien de la
langue – mais le feu était déjà
volé et les anges déjà déchus
que faire d'autre alors que la chasse
n'était pas encore fermée
que de sacrifier l'horizon
en échange du vertige
gratter le ciel peut-être
et la langue qu'il parlait.

IV

Da du der erste warst
der nach dem wasser den boden betrat
vor den schlangen jedenfalls
und den anderen regimenten
gegen wen hättest du kämpfen können
wenn nicht gegen den hüter der
sprache – aber das feuer war bereits
gestohlen und die engel schon gefallen
was also anderes tun wo die jagd
noch nicht beendet war
als den horizont zu opfern
als ersatz für den taumel
am himmel kratzen vielleicht
und an der sprache die er sprach.

V

Ce que tu as jeté dans le feu me
parle car nul n'aime que vienne
la fin – conquête est le mot
ça parle vers le haut ça
parle en quête de cendre
est-elle longue la traversée
les flammes hissent leurs fumées
et dans la nacelle de la plus
haute langue les lames lèchent
une dernière fois peut-être
comme des chiens malaimés
le purgatoire de leurs maîtres
il en faudrait davantage
pour reconstruire la maison.

V

Was du ins feuer warfst spricht
zu mir denn niemand möchte dass komme
das ende – eroberung ist das wort
das spricht in die höhe das
spricht auf der suche nach asche
ist sie lang die überfahrt
die flammen hissen ihre schwaden
und in der gondel der aller-
höchsten sprache lecken die klingen
ein letztes mal vielleicht
wie ungeliebte hunde
das fegefeuer ihrer herren
es bräuchte mehr davon
um das haus wieder aufzubauen.

VI

Veuf désormais le voleur de langue
et quand il se remariera il mettra
le plus noir des pelages
et te ressemblera – je t'ai vu
étancher ma soif dans une mare
à l'eau amère tu ne t'y mirais pas
et l'écho était sans voix
puis comme s'il fallait demander
quelque chose à l'absence
tu as ramassé un brin d'herbe
apporté par le premier corbeau
puis un autre je ne dis pas qu'ainsi
la parole revenait je ne dis pas
non plus qu'ainsi elle partait.

VI

Witwer nunmehr der sprachdieb
und wenn er wieder heiratet wird er sich
das schwärzeste aller felle überstreifen
und dir ähneln – ich habe dich gesehen
wie du meinen durst stillst in einer lache
bittren wassers du spiegeltest dich darin nicht
und das echo war stimmlos
denn als gälte es von der abwesenheit
etwas zu verlangen
hast du einen grashalm aufgelesen
den der erste rabe brachte
und einen weiteren ich sage nicht dass so
das sprechen zurückkam ich sage ebenfalls
nicht dass es so fortging.

VII

Buveur tu l'as toujours été
tes mots je les boirai
s'ils repassaient
par ces régions sombres
qui sans qu'on descende
aiment les étincelles
sortant de ta bouche
– tu parles et parlant
tu dessines des anneaux noirs
sur la queue de l'obscurité
n'est-ce pas ainsi
que revient l'équilibre
dans l'escalier qui monte
vers les choses de l'oubli.

VII

Trinker bist du immer gewesen
deine wörter würd ich trinken
kämen sie erneut vorbei
in diese düsteren gegenden
die ohne dass man hinabstiege
die funken gernhaben
die deinem mund entweichen
– du redest und im reden
zeichnest du schwarze ringe
auf den schweif der dunkelheit
ist es nicht so
dass das gleichgewicht wiederkommt
auf der treppe die hochführt
zu den angelegenheiten des vergessens.

VIII

Que fait-il
à cette heure-là
le bâtisseur de tours
le museau déjà sur le palier
alors que la dernière patte
traîne encore
a-t-il déjà ouvert la bouche
après le déluge
le ciel est-il déjà
à portée de bouche
ou est-ce un gouffre
qui s'ouvre sous ses pieds
descendre parfois
est plus vieux que monter.

VIII

Was tut er
zu dieser stunde
der erbauer von türmen
das maul bereits auf dem treppenabsatz
während das hinterste bein
noch hinterherhinkt
hat er bereits den mund geöffnet
nach der sintflut
ist der himmel bereits
in mundweite
oder ist es ein schlund
der sich öffnet unter seinen füßen
hinabzusteigen ist manchmal
älter als hinaufzusteigen.

IX

Puisqu'avant la diversion
tu n'avais qu'un seul parfum
et qu'il était partout
tu étais plus invisible que le génie
sortant de la bouteille de butane
de ma vieille cuisinière blanche
qui quand tu approchais l'allumeur
prenait toutes les couleurs
et les donnait à manger à l'air
– où allait tant d'invisibilité –
c'est ainsi que se dispersent les mots
quand ils sortent de ta bouche
l'air les happe ou est-ce un dieu
et en fait toutes les langues.

IX

Da vor der ablenkung
du nur einen einzigen duft hattest
und der allgegenwärtig war
warst du unsichtbarer als der geist
welcher aus der butanflasche steigt
von meinem alten weißen herd
der wenn du den zünder hinhieltst
alle farben entfachte
und sie der luft zum fraß bot
– wohin wich so viel unsichtbarkeit –
so zerstreuen sich die worte
wenn sie aus deinem mund kommen
die luft schnappt sie oder ist es ein gott
und fertigt daraus alle sprachen.

X

Une main plus lourde
que celle de jadis
te secoue comme on
secoue l'oreiller pour
remettre en ordre les plumes
avant le sommeil
car c'est en dormant
qu'éclate le chaos et
au réveil comme s'il
n'avait lu aucun livre
le génie brise le rêve
et sort de la nuit ne te
reste de ton royaume
que le mot qui me le dit.

X

Eine hand schwerer
als weiland jene
schüttelt dich wie man
das kopfkissen schüttelt um
die federn wieder aufzupuffen
vor der nachtruhe
denn im schlaf
bricht das chaos los und
beim erwachen als hätte
er kein einziges buch gelesen
zerbricht der geist den traum
und entsteigt der nacht dir
verbleibt von deinem königreich
nur das wort das es mir sagt.

Norbert Lange

Verstreute Orangen

[Vorerrege]

Es war jetzt öfters, dass ich etwas bereits gedacht zu haben glaubte, oder meinte, schwören zu können, schon durch bestimmte Situationen gegangen zu sein. Vielleicht ein Nebeneffekt der Rolle, die ich als Teil der Kongregation der Orangen bekleidete. Hatte die Alte nicht gesagt, ich würde die Zeit nicht länger durcheinanderbringen? Wie hatte sie das gemeint, und ich hatte sie doch nicht missverstanden, meine Déjà-vus deuteten auf kein grundlegenderes Problem, dessen ich mir nicht im Klaren war, noch nicht oder nicht mehr? Welche Richtung nahm die Zeit? Wohin sie auch wollte, ich wusste nicht, was meine Vergangenheit, oder Zukunft, noch für mich bereithielt? »So« musste ich schon oft in Begleitung durch die Abteikorridore gelaufen sein, und hatte dieses Mal doch das Gefühl, mehr den Zweifel, ich könnte diesen Weg das erste Mal beschreiten. Als hätte ich den Weg noch nie beschritten, den längst andere gegangen waren, so gut wie immer schon. Dachte ich an Vorvergangenheit oder Abzukunft? Wie mein Begleiter mir mal voraus, mal mir nachgegangen zu sein schien, verdrossen folgend seinen Wegen, jedes Mal, wenn er zu erzählen anfing: »Jaja, schon gehört, schon gesehen. Lass es, in St. Umms Namen, ich weiß Bescheid!« Dass es nun öfter vorkam, dass ich glaubte, etwas schon gedacht zu haben, oder fühlte, durch bestimmte Situationen bereits hindurchgegangen zu sein, mochte ein Nebeneffekt meiner neuen Bekleidung sein, die mich auswies als Teil der Orangenkongregation. Hatte nicht die Alte gesagt, ich würde die Zeit nicht länger durcheinanderbringen, wenn ich erst die Tracht anlegte? Wie hatte sie es gemeint, missverstanden hatte ich sie doch nicht und meine Déjà-vus wiesen mich nicht auf ein grundlegenderes Problem hin, das mir unbekannt war? Noch nicht, oder nicht mehr? Weder was meine Vergangenheit und meine Zukunft für mich bereithielten, wusste ich, noch in welcher Reihenfolge wann was wie geschehen sollte. So musste ich schon oft in Begleitung durch die Korridore der Abtei gelaufen sein, aber behielt das hartnäckige Gefühl, mehr einen Zweifel, ich könnte diesen Weg das erste Mal beschreiten, den andere übrigens längst beschrien haben mussten, nach wie vor: »Jaja, schon gehört und gesehen. Lass es, in St. Umms Namen, ich weiß!« Auch ich hätte geschrien haben können, wäre das für mich nicht die erste Tour durch diese Gänge, fühlte ich. Hätte wie alle geschrien, die auf unserem Gang durch die Flure des Klosters geschrien waren. Mal schien dies genervte Geschreie anzuschwellen, als renne es gegen etwas an, ertrüge es nicht länger, ob diese Wege zu gehen oder die Eintönigkeit des Klosterlebens. Dann wieder wirkte es, als hätten sie sich gefügt in ihr merkwürdiges Schicksal. Sie hatten aber vielleicht noch nicht lange genug darin ausgeharrt, hatten die Gänge und Türen an den Seiten nicht schon oft genug gesehen und wären an ihren vorbeigeschrien? Ich hatte eine Theorie dafür, doch habe sie ...

 # Déjà-pensée| Erregender Moment

Aufzeichnungen des Parasiten (oder Arpsenile)

Wir lernten in der großen Stadt (wie originell mochte sie schon sein?), wie einem zumeist das Schwere einfach fiel, dass aber einem alles Schwebende vor Augen stand und doch nur mühsam zu begreifen war.

»Dichten sie mit Versifex!« Alles drehte sich, der Dichtestress war immens. Jeder Satz konnte verwässert werden, Sätze wie gekaute Kerne, die uns längst als schlichtere Kommunikation und Form der Sprache erschienen, so meinte ich; welche Vergeblichkeit in Überheblichkeit, daran zu glauben! Amen!

Sätze wie ein Schattenriss, der sich vor den Überresten einer alten Mauer abzeichnete. Ein Schattenriss ohne Schatten! Die Welt konnte uns entbehren, doch wir kamen ohne sie nicht aus, es sei denn wir verzichteten ... worauf?

Wir waren also bei Gesten wieder angekommen, und manche – es wurden mehr mit jeder Woche – verstanden unser Tasten und Bedeuten falsch. So gerieten wir in immer heiklere, zwar angenehm pikante, doch ebenso brisante Schlamastiken.

Unsere Verlegenheit war, dass unser Schweigen zwar unser Dichtertun gekonnt verhehlte, dass man uns aber, da wir selbst die einfachsten Dinge mit ganzem Körpereinsatz erfragen mussten, dies als Schwelgen auslegte. Zuletzt umrankte uns eine zärtliche Reihe amouröser Verwicklungen, schon wenn wir den Weg wissen wollten; die Fragen unserer zunehmend geschmeidiger werdenden Hände wurden als willkommene Aufmerksamkeit verstanden. Wir hatten schon richtige Kolbenfinger von all dem Anfassen, Befühlen, Betasten, das die anderen durch uns erfahren hatten.

Doch statt zu antworten, verlangten sie, dass wir unsere Fragen feiner formulierten, und da wir noch nicht erfahren hatten, wo es langgehen sollte, stellten wir unsere Fragen mit großem Eifer erneut. Bald vergaßen wir, wie viele Männer und Frauen wir befragt hatten: fleischige Rücken, knochige Winkel, Achseln und Hüften, Speckröllchen und alles dazwischen. Ich sollte Äpfel mit Birnen vergleichen, wieso keine Orangen? So kamen wir zwar rum, doch nirgendwo an.

Die Seufzer, das Stöhnen. Der Dichterstress, wie gesagt, war immens. Es ist »die Schlangengewundenheit der begrabenen Liebe, die sich entzieht« gewesen (Reverdy). Das hieß wohl, dass wir nicht länger ein Gespür dafür hatten, wo unsere Körper und die der anderen begannen. Nicht, dass wir andere fingerten oder sie uns nahmen, sondern man zog uns an und holte uns über die Haut zu sich herein. Wie sollte man so etwas entkommen? Und wieso? Polizisten, stumm und nichtssehend, hüteten die Ordnung. Eine zuckerige Lösung, an der man leicht haften blieb. Ich versuchte alles Mögliche, selbst mit Gewalt. Orange, ein glühendes Eisen, das nicht lieb war. Mein Begleiter rollte mit den Augen. Er versteckte sich hinter jeder Laterne. Sein Kopf verbarg sich ängstlich unter dem Lampenschirm. Es war, nein, er war, schon grün und blau, seine Augen waren gerötet von all den Berührungen. Wie sollten wir hier nur als Privatdetektive arbeiten? Wen suchten wir überhaupt?

»Aus den Arpokryphen«

Früher haben Menschen ihm geopfert. Ihre Gebete wurden immer erhört. Doch sein Gehörsinn schwächte sich, dass aus seiner Güte manches Unglück erwuchs. Bäume wurden angenäht, Eichtum und Pacht gewährt. Die Pläne einiger wiesen Lücken auf anstatt zu glücken, sie soffen sich zu Tode, statt zu hoffen, die größten Wünsche wurden welke Rosen, Reisen verliefen im Sande, die Starken wurden siech, der Verstand anderer füllte sich und quoll voller Tand über, Verkannte verbrannten, die Schönsten wollten noch schöner werden, wurden aber scheu und verkrochen sich in Fernen, durchhuschten die Schatten. Aus allen Meeren verschwanden die Quallen, die Menschen waren endlich von diesen Lebewesen erlöst, doch zuckten mit der wehen Schulter. Wünschende mussten ihre drei Wünsche abgeben. Anderen sprangen alle Türen immer auf, ohne irgendeine Hoffnung, dass sie sich jemals wieder schlössen. Die Hoffnung erfüllte sich dennoch, wenn auch für wenige, denen die Erfüllung gewährt wurde, alle anderen waren faulig geworden und goren vor sich hin. Es wurde schlimmer, je tauber der Gott wurde. Wie Besessene versuchte man, sich vor ihm unmissverständlich auszudrücken und Eiter quoll einem aus dem Mund. Die Wünsche verwässerten, versuchte man, die eigene Aussprache zu verbessern, vervielfältigten sich in unzählige unerwünschte Nebenwirkungen. Man wiederholte seine Formeln, Glasmurmeln kullerten von Lippen, aus Ohren, Augen und Anus. Dürstend nach Raserei und Gerechtigkeit wurden schließlich Priester dem Gott übergeben, dem aber schlecht wurde, als er ihre Leichname sah und von den Lippen abzulesen versuchte, was man von ihm wünschte. Bat man ihn um Zauberkräfte, planschte man fortan auf ewig bis zum Bauchnabel im Wasser und eine Badebürste war einem festgewachsen auf dem Rücken oder der Hand. Dispute entbrannten über die richtige »deutliche Aussprache«,

Schismen und Kriege gingen in die Hose. Kreuzzüge begannen und endeten mit Kreuzigungen. Länder versanken viele im Wüstensand, bevor man die Religion fallenlassen und vergessen sollte. Die Klöster leerten sich wie durch ein faules Wunder, Menschen erstickten und wussten nicht länger, wer sie und wer der Gott war, der dieses Weichtum, Siechtum über sie gebracht hatte. Die letzten Glaubenskriege wurden über die Aussprache schon einer einzigen Silbe geführt und verliefen im Wüstensand. Man verirrte und versetzte sich, verwunschen, verwischte Spuren. Dann sind die Orangen gekommen und zogen ein in diese Klostermauern.

 # Jahr unbekannt [vmtl. Zero]

»Aus den Arpokryphen«

Ich saß und sah vor mir im Wasser, gleich mit ungewisser Geste des Vergessens, spiegeln: Blätter, Tage, Visagen, ewigselbst den Himmelsgrund, gleichmütig bleich wie Papier in raschelndes Gespräch versunken, plaudernd mit grausamem Federkiel. Ich sah kräftig sich rührendes Licht, ich launisches Ferkel, sah eine kleine Eidechse bei ein paar Nomen auf Besuch, sie erhaschend mit der Zunge, längst nicht braun, doch blutigfrisch. Nonnen waren es. Eine Alte spann in ihrem aschgrauen Garten: Lehmmauern, Morast, Dämmerungsgeheul, Efeu, Batist. Sie würde dort immer härter werden. Die Orangen hingegen: Den Blick fixiert auf jene fliehenden Ränder, deren Umdrehung feixte, gegen welche die Tonerde drohend die Fäuste schwang. »Das Land ist ein Name, gleichviel, wer dich als Neugeborenes sieht«, sagte sie. Mein Schicksal wäre, was all jene sagten, zu hören, die sich über meine Wiege beugten. Dort, in düster möbliertem Winkel meiner Reise, hockten »die Büsten« mit steinernen Mienen, brüteten. Sie schienen angestrengt, als wollten sie die eingezwängten Arme und marmornen Blicke von sich werfen, die Augen vor Anstrengung in den Poetenkasten gedrängt. Überhaupt war hier viel mit Wolken und luftigen Erscheinungen, als wäre über allem ein Skizzenblock ausgeschüttelt worden und der Malerlehrling hätte es gemacht wie St. Aub. Wieso versuchte es überhaupt einer noch? Mein Gesicht war geformt ein Fragezeichen. »Lass gut sein, du in deinem Lumpenkleid: Stirb du nur zur rechten Zeit.« Wirklich, ein bemerkenswert verschlafener Olymp.

 # vsl. 320 vor Zero

»Aus den Arpokryphen«

Im Offenen, so schön. Dieses Stehen mochte ich. Und die Sommerluft. Wie auch jeden anderen auf meinem freigelegten Fleisch zu spürenden Genetiv. Wie gerne hätte ich die Haut mir über die Schulter geworfen und wär leger wie Pietro Aretino geschlendert durch die Halle der Parasiten: »Nicht übel, ganz und gar nicht!« »Looking good, mein Lieber!« Was blieb mir schon? Wovon war gesprochen worden? War ich soeben der Sprecher gewesen, ein anderer, oder war ich in einer falschen Zeit, doch nicht allzuweit entfernt ... verdunkelte das Licht den Raum aber so, dass nicht zu erkennen war, wer sprach? Und da grade jemand fragte, vom Plenum aus auf die Bühne getreten, aus der Menge gegriffen vielleicht auch nur, und um einem die Haut abzuschälen: Ich etwa? War meine Wenigkeit herüber und hatte aus der Manege gefischt, bloß welchen, und danach gefragt, wer sprach, als man ihm unter Predigten das Fell über beide Ohren zog? Hunde waren ein Problem, noch mehr, wenn sie balgten. Auch sie veranstalteten Gesänge. Sie konnten übersetzt werden in alle Sprachen, nicht nur in Menschen. Ich musste sie auf Abstand halten mit einem Trick, den ich für mich behalte. Es stimmt, dass die Orangen lügen, so weit bin ich ihrer Verschwörung mit meiner Spürnase auf den Fersen, nämlich jede mit der anderen. Und alle singen sie davon. Darum schweigen ihre Lieder. Und ich bin die Ausnahme. Nicht etwa, weil ich durchschaut hätte, was ich so weit ausschmücke, bis es die Fliegen nicht mehr schmecken können. Man muss es so lange um den Finger wickeln, bis das Eine unmöglich unterschieden werden kann vom Anderen, sich feucht und stumm zu festem Knoten schnürende oder verschraubende RNA.

 # 1617 (Dressur)

»Aus den Arpokryphen«

Dann »war eine Insel gewachsen, wo der Fuß aufgesetzt worden war«, es stimmte also, dass »ich über Wasser laufen konnte«, und er begann seine Geschichte zu erzählen, erfand und dehnte seine Sätze, ohne dass ihm einer zuhörte, bloß »die Wellen, der Wind in der einzigen gewachsenen Palme«, die mit Blättern raschelte und ihm als Zuhause dienen sollte, »die schrille Kritik exilierter Möwen, die dröge Aufmerksamkeit der Fische«, die gestorben und angespült worden waren, um an Land ein Zeichen zu setzen. »Die Sterne«, natürlich, »funkelten, als heckten sie etwas aus« und verdichteten sich, der Mond vor ihm »ein geöffnetes Maul«, gewiss bereit, ihn zu verschlingen. »Mit Strahlen von der Sonne überworfen«, doch unbeirrt sprach er weiter, wenn seine Stimme auch schon heiser klang, die Zunge »gegerbt wie Leder«, nichts als ein knirschender Streifen im Mund, ein »immer rostigere Silben streuendes Saxophonblatt«, das seine Melodien nicht gerade schwingen ließ. Weiter und weiter schleuderte er seine Kosmogonie hinaus aufs Meer, ins All, dass wir den Kurs verließen, um genauer hinzuhören, und hat sich verbraucht, zuerst den Körper, dann auch den Kopf, oh ja. Rollend über den Strand seiner Boje von Insel, im umspülten Sand schaumig zerfallen. Aus dem Meer erhebt sich eine Wand und steigt über unsere Köpfe hinweg, bis sie sich in hohem Bogen hinter uns in den Boden senkt. Endlich, welchen Tag haben wir heute? Glücklich in unserem gegenseitigen Duft? Zufrieden unter dieser einzigen bezaubernden Glocke?

 # 1718

»Aus den Arpokryphen«

»Das Wort, das Wort, man muss es ihnen abnehmen«, stöhnte der, an dessen Lippen alle hingen, in Trance versetzte ketzerische Metzgerskatzen. Schweißperlen standen ihm, das Reden und Schneiden zugleich fiel schwer, während wir warteten – rannen –, setzte er erneut an, so dass wir für einen Dichter selbst ihn hätten halten können, hätte er noch vernünftig gesprochen, wie wir – bloß:

Dann klang er schon selbst nach einem von uns – die sich langsam näherten, ihm auf das triefendnasse Gesicht zu hauchen, die sprudelnde Kinnpartie; Quelle der Erleichterung, erleuchtendes Klappmesser.

Wir saßen und schwiegen uns wieder aus, vorher, darüber, und auch.

Verdutzt wie wir waren, jedoch nur mit einem Anflug davon, bevor wir uns darum rissen, ihm zu helfen. Als die ganze Angelegenheit bereinigt war, rätselten wir noch eine Zeit über das alles, welchselbiges sich zugetragen hatte, in Ordnung zwar und doch zu weit gegangen.

Eine öffentliche Angelegenheit ersten Ranges.
Als ob!

 # 1920 (Post Lingua)

Füfffe dummkopfelegie

Herr Hans Arp zugeeignet

Oberfläche leicht scheinlächelnden Unlust [sic]
wirr, in der verwitweten Haut,
mit Muskeln und Einfalt,
rasch in die Augen gejagten leiblichen Tränen.
Rainer Maria Rilke, Die fünfte Elegie

I

Weir Fahrendig
flücht-tt-tigest die dringrüh
wringt ein wem zu Lei-Leibe
niemans zu-f-f-fff-rille? Ser wringse,
begtse, längtse und hingtse,
irftse und ägt zu-ägt zu-zurück, we ausölte,
atte Luft omnes-omnese nie
uf deen ünne eppich, iesem erl
eppich, well!

II

Au-fefe-geegelt wieister Pflorstadt-
himmelt wehethetan. Undort
in aufgasändtsten Stätten
aecht, daeigt: deastehns
roßer Angsttag ..., schourksen
Auegt wien Pfffffflasters
änner, oller, zuerimme
änne, roider, zuherzkhmer
komifff, wie August, daebisch
ommende ruste Stae-Tisch
einninnen eller
ei ei ei ei Einzeller.

Sechste dummkopfelegie

Feinge schon iss mir butend,
wie du die Beinah überschlägst
undie zeitig entschene Frucht,
umhengst dein rehes Geheimnis.
Wie er äne Rohr treibt,
absaft und anspringt usem Schlaf,
fastaek seine süßeste Leistung.
So wie Gott der Schwan
.........*Wreveillen*,
ach, es zühnds versplnnre
unserer endichten ein.
lehie: wie rott en Schwan ... Wervien,
aus ühmt es zulühn, ins verättre
euer endihen Frucht gehn wir erraten hie.
Wenige sterk Andrang eelns,
daß schoehn und glühnees Herzens,
wenn die Verflühte Nachtluft
ihnen eugend die Muider berührt:
Helden vichden frühüberbestien,
denen der gärtne oden biegt.
Diese stürzen hin: ächelnd
sinde voran, wies Rossegespaen
muedem vom siegenden Kö.
Weien eigtark darndrang des Hadelns,
daß ie schon stehn und gülledes Herzen,
wen ie Verfüung ühn gelierte achtluft
ein die Jugend des Munds, ihen Lider heht:
Heldeeicht und den Hinübebetimte,
dene gärtnernde Tod ders Adern biegt.
Die türzen: demegen Lächeln
sind oran, das Rosegespann milden
musligen Bilden von Kak dem König.

Wundereegelten. Dauern
fichtan. Seigang ist beständig
nimmt er *sic* fortritterte Stends
stenden ihn wenige. Aer,
das uinschweigt, das plötztal
seiner aufrauschen Welt.
Hockein wie mal ducht mich
met[t]enden LeierTon.

Darb ich miehnsucht: O, wärch,
wän Knabe und dürft werße
wärch ein Knabech wärch Knochen werße
wär ich ein Koch wern und säße
in den knigen Armend von Simson, äße
wie seine Mutter stichts
...... *unlesbar* ......
Waer niht Held schoindir, otter, begniht
dort schoin dir, sein errische Aswahl?
Taunde ba im Schooß und woen er sein,
abe ieh: er fließ aus -, ähle und kote.
Und we er Säue zerstieß, so wars, da er sbrach
user Welt ies Leibs in ie egre Welt, wo er eiter
ählte und kote. Otter der Helen, o Urspug
eißende öme! Ihr Schluchen, in ie sih
hochnem Hand, klagend,
schoie Mäden estzt, üig ie Odem oh!!!
»Wer wär nicht, nie, schön, schöner dir, scheu, scheuer, schon
ein Otter auf Knien, beginnt, nicht dort schön, schon scheu
vor dir, sein ehrliches, fehlerreiches, fehlerhaftes Aas, As, Auswahl, Wal.
Tausende Tauende, schrecklich im Schoß, oh Schoß, und wohnt
er dort, verirrt er sich, doch eklig, sieh doch: er fließt
schauderlich aus und kotet. Oh weh, wie er die Schweinerei bespricht,
erbricht, gebrochen hat, dieser, unserer Welt des Körpers in Ekel,
arger Oger Welt, wo er weiter eitert heiter, sich aalend suhlt,
Gott Otter, Vatermutter der Griechen, Helenen, Hellen, o Ursprung, Ausspuck

und Urspuk heißende, beißende, essende Imme! Oh ich!
Ihr Schleicher, Schluchzer, Getroffenen vom Schlag, sieh, schau, seht
seine hochvornehme Hand erhoben, klagend, kackend, Klagenende,
scheu, schön, schon Maden, scheue Mädchen, essen, ätzen schauderlich
wie es hier von Odem Oden haucht, Luft, Luft, oh!!!«
Denn hinstürmte der Held dufter Liebe,
denn türmte der durch Aue der Liebe
jehobaus jeinende Herzschlag,
abwendende aendet schonde dächders,
abgeendend stächers.

Paul Watermann
In einem Tunnel aus Gefühlen sitzt ein Löwe, er ist still

Ein Löwe schwebt zwischen den Passanten. Er ist ein Geist und die Passanten sind Besucher. *Du würdest mir niemals alles erzählen,* flüstert der Löwe einem Passanten ins Ohr und dann schwebt er weiter. Er ist dunkelorange, was eine Farbe der Härte ist, denn er ist ein sehr harter Geist. Schon hat er einen neuen Passanten gefunden. *Jedes Haus hat einen Deckel, der heißt Dach. Jeder Mensch hat einen Kopf und der ist schwach,* flüstert der Löwe diesem ins Ohr und wieder schwebt er dann einfach weiter, zu einem dritten Passanten, und diesmal flüstert er: *Ist dein Leben nicht wahr, bist du selber nicht wahr, bist du selber nicht wahr, kommen die Schmerzen. Das ist wie bei den zwei kleinen Goldfischen, wo der eine den anderen fragt: Schon wieder nichts vonstattengegangen? Wieder keine Strömung heute?* Und dann schwebt er weiter und auch dieser Passant sagt nichts, aber ein Kind, das alles beobachtet hat, fragt plötzlich nach: *Bist du selbst mal ein Mensch gewesen oder woher kommt all dein Insiderwissen? Arschloch!* Der Löwe reagiert erst gar nicht und schwebt nur langsam weiter, aber das Kind schreit ihm hinterher: *Jeder von uns sucht doch auch nur seine kleine Weise, wie ein klitzekleiner Weise und du denkst du bist so weise?*, schreit es und natürlich hat es recht und da dreht sich der Löwe dann doch ganz langsam im Schweben um und sieht sehr freundlich aus dabei. Er antwortet: *Manchmal geht es einem schlecht, doch Leben ist halt so. Manchmal fliegt ei'm alles weg, doch das ist halt so. Manchmal werden Menschen alt, ganz ohne wirklich da zu sein, nur manchmal reist ein Etwas mit, vielleicht ein klitzekleines Bild. Dann kriegt man wirklich etwas mit, wo man denkt: Das stimmt jetzt wirklich, dass ich das fühle, da kann man auch gar nicht mehr großartig drum herumreden.* Und dann sagt er noch: *Ich bin ein sehr harter Geist, aber das weißt du ja.*

Von innen betrachtet wie beim Zähneputzen. Ausgespuckt, begutachtet und sich gefragt: Was sind die Dinge, die man am liebsten hat, und was sind die Dinge, die man lieber an einem Ort sehen würde, den man lieber nicht sehen würde?

Du bist viel zu groß. Im Club ist dein Kopf zwischen der Dachdekoration. Verstiegenheit verklärt die Dinge, und so verkehrt wie das ist, kann es dir trotzdem eine Sicherheit geben. Du siehst den Staub an den Girlanden direkt vor deiner Nase, du streifst ihn. Geschehnisse finden weiter unten statt. Von oben sieht alles gleichmäßig aus.

Du kannst tanzen, auf einmal ziemlich gut. Die Herrschaften mögen es wie du tanzt: gut, aber auf eine distanzierte Art. Du könntest Drogen nehmen, aber das möchtest du nicht und plötzlich wird dir eins klar: Niemand hat etwas in einer Universität zu suchen und vielleicht hast aber auch du nichts in einem Club zu suchen, denn vielleicht ist dein Club etwas ganz anderes.

Was du plötzlich sein möchtest: ein Name, der Begeisterung ausdrückt. Ein Name so wie Sommerstraße.

Ein Kind in einer Gürtelhose. Laschen an der Hose auch noch außen angebracht. Es kommt von der Straße, will die Straße aber nicht entlanglaufen. Es weint. Eigentlich wollte es nicht weinen. Alle andern wollen ach so gerne Mitleid mit ihm haben.

Ein Kind in einer Gürtelhose denkt beim Spielen nach: *Warum spiele ich alleine? Warum spiele ich überhaupt? Meine Hose hat Laschen. Alle Kinder an den Händen ihrer Eltern sind Luschen, sie machen nie echte Sachen in den Straßen, vielleicht zu Hause, aber hier nicht. Mit ihnen zu spielen wäre noch langweiliger als alleine zu spielen.*

Das Kind geht in einen Raum, weil es ihm in den Straßen, beim spielen, ganz alleine, zu langweilig wird. Im Raum passiert etwas Gutes. Ein Mann verspricht sich und gibt es dann zu. Der Raum ist verqualmt. Ein Keller? Fragen werden nicht gestellt, sie hängen einfach so im Raum, wie Qualm. Draußen rauscht der Wind, man kann es drinnen hören, obwohl es ein Keller ist, und das ist auch wie Qualm.

Wenn Töne von draußen reinkommen, das ist einfach brutal für mich, sagt ein Mann. Und dann sagt er: *Entschuldigung, ich habe mich versprochen. Die Situation war einfach so, ich habe das einfach so gesagt. Einfach so?,* fragen die Anderen. *Dinge sind manchmal einfach so anders bei mir drinnen, als sie draußen scheinen ... das wollte ich eigentlich sagen,* sagt er und er hat Recht: Die Dinge sind drinnen wirklich anders.

Der Raum, der Qualm, plötzlich kommt ihnen das alles so lächerlich vor. Die Fragen, die einfach so im Raum hängen, ohne dass sie tatsächlich von irgendjemandem gefragt worden wären, sie interessieren ja auch niemanden.

Das Feierliche, sagt eine Frau: *Das Feierliche ist was stört, das ganze Getragene, als ob bei mir zu Hause etwas kaputtgegangen wäre und ich da jetzt ganz schnell hinlaufen müsste.*

Dann ist es sehr lange still und während alle dasitzen und schweigen, verzieht sich der Qualm, ganz langsam, und fast wäre es auch niemandem aufgefallen, wie sich der Qualm plötzlich verzogen hat und sich dann auch die Fragen verziehen, aber jemand anderes, ein Kind, das ganz in der Ecke sitzt und das bis dahin auch niemand großartig beachtet hat; das sagt dann: *Der Qualm ist weg* und da merken es die Anderen, dass der Qualm wirklich weg ist und das gleiche Kind sagt dann: *Die Fragen sind auch weg.* Aber die Anderen denken da schon nur noch: *Welche Fragen? Was sagt das Kind?*

Und dann fängt das Kind wirklich an zu sprechen. Plötzlich wird es ein echter Vortrag, es sagt: *Eine Runde Tränengas für alle, die das wollen. Eine runde Sache. Eine Sache, Tränen, eine Sache, sich zu schämen eine Sache, sich zu grämen, eine Sache. Eine Runde weinen. Radio hören, auf der Straße, aus einer Kneipe. Lieblingssong, er wurde von einem sehr einfühlsamen Radiomacher angemacht. Einen Tag lang eine Sache machen. Einen Tag lang einsam sein. Einen Tag als eine runde Sache anzusehen und dann einmal rumzugehen, wie bei einem Fest, das erst beginnt und später erst zu Ende geht. Wie die Tränen, die erst ehrlich fließen und erst später nicht mehr ehrlich fließen.*

Eine Runde Tränengas für alle, die das wollen. Einen Tag lang einmischen, bei allen anderen – was die wollen. Was die wollen? Runde Tage, die wie sanfte Hügel sind. Was die wollen? Starke Tage, die wie eine hohe Klippe sind, von der aus man das Meer anschreien kann, mehr schreien als man jemals geschrien hat. Eine Runde einmischen in all die anderen Sachen, all der andern Leute, aller Fakultäten, was die wollen. Die mit aller Kraft und allen Tränen alle auch nur runde Tage wollen oder Feste und das richtig feste, wie bei hauen, dass es knallt.

Tief im Ozean will der Fisch essen.

Nach der Brutalität, nach, nach. Die Gassen der Kölner Altstadt haben schon so viel Blut gesehen, dass einem ganz schlecht werden kann. Nach, aber und vor der Liebe, mein Schatz. Vor der Liebe stehen wie vor einer Ampel. Die gleiche Farbe wie das Blut auf dem Kopfsteinpflaster.

Was hast du für Umgang vor? Welche Leute? Bekanntschaften entstehen, wie im Vorbeigehen, wie vor Ampeln, wie vor einem Tag, als du Nachmittags vor einer Ampel standest. Die Scheibe war heruntergekurbelt, das Wetter war schön und der Mensch war groß und dünn und stand so dicht neben dir, direkt an deinem Auto, dass er sich herunterbeugen musste, damit du ihn sehen konntest, damit er dich sehen konnte. *Ich war schon hier am Vorgestern und ich habe den Weg zum Grüngürtel nicht gefunden. Es geht direkt geradeaus, spring rein, ich mag die Situation.*

Hier ist die Szenerie. Hier ist das, was der Maler seine Staffelei und der Basketballer sein Spielfeld nennt: ein Garten, vier Gartenstühle, um einen weißen Gartentisch gestellt.

Wir befinden uns im Theater, wir befinden uns auf der Bühne, wir befinden uns unter dem Tisch. Man sieht, dass der Schauspieler, der sich auf einen Stuhl fallen lässt einen alten Russen darstellen soll, denn er hat eine Wodkaflasche in der Hand. Er hält einen Monolog nach Theaterart.

Wir befinden uns im Niemandsland, im Unterraum, in der Fugue. Wir sehen die Schuhe und die Socken des Schauspielers und beides ist weiß. Man weiß, dass Čechov sehr klug war, aber man fragt sich trotz alledem: Ist denn die Bühne wirklich für einen Monolog gemacht? Ist es denn gut, wenn ein Mann Kleidung trägt, die er eigentlich niemals tragen würde, und ist es etwas Gutes, wenn ein Mann aus einer Wodkaflasche trinkt, obwohl er das eigentlich gar nicht machen würde?

Der letzte Akt beginnt. Wir befinden uns im Überraum. Wir befinden uns auf der Traverse, zwischen Drahtseilen und Partyscheinwerfern. Wenn wir Regen spielen möchten, können wir das.

Die Leute sagen: Solange du noch Zähne im Mund hast, musst du auch kauen, aber sie sagte zu mir: Wenn du keine Lust hast, musst du sie noch nicht einmal putzen mein Freund und ich sagte mir: Das ist Underground und das ist echter Berato-Style.

Im Winter wartet man, dass es Sommer wird, und dann weiß man mit dem Sommer auch nichts anzufangen und hat Angst, dass es wieder Winter wird, denkt sie, während sie über das Baustellengelände geht. So ist das und ich muss das auch gar nicht erklären, denn ich fühle es ja. Im Winter vergehen die Dinge wie eine Libelle. Im Sand steht ein Mann und arbeitet. Am Fenster, die Köpfe, sie sehen und schauen und – staunend nur zu.

Auf dem Balken über einem Eingangstor steht: *Die Herberge hat noch geöffnet, aber unsere Herzen sind jetzt geschlossen*.

Anno Domini 2018 my Friend, sagt ein Mensch, der ihr um die Schultern greift und dann wieder geht. Anno Domini 2018 mein Freund, denkt sie und will nach Hause. Ihr Freund ist weg, er hat sich 2018 von dir getrennt.

Dann sieht sie wie ein Mensch mit einer Mundharmonika über das Baustellengelände geht, das eher pro forma abgesperrt ist und außer dem Mann im Sand arbeitet sowieso niemand, denn es ist Sonntag.

Sie denkt: Irgendwie scheint alles braun-bräunlich zu sein, irgendwie sind alle doch nur um ihren eigenen Vorteil bedacht. Irgendwie ist das Biotop auch nicht aus dem Ruder gelaufen, sondern war von vornherein nicht funktionstüchtig. Heimlich, verborgen, erbärmlich und hinten fällt immer das letzte Ding runter.

Und als sie dann weiter geht, denkt sie: Es wäre schön, wenn manchmal eine Libelle zu unseren Konzerten kommen würde. Sie könnte im Licht der Partyscheinwerfer über der Menge schweben; nicht als etwas, das sich verirrt hat, sondern als jemand, der da hingehört, als Gast.

Aber was eigentlich passt sind rote Libellen aus Plastik, die an dünnen Nylonschnüren von der Decke hängen, denn echte Libellen haben viel zu eigenständige Probleme.

Sie sieht auf den Umwurf der Walze in der Baustelle und denkt: Das ist er, der unverzichtbare Untergrund. Hier wird er verändert, bald ist hier wieder alles glatt.

Ich laufe durch das Baustellengelände und überall ist brauner Treibsand. Kinder üben, sich gegenseitig Spaß zu bereiten, aber am meisten sich selbst.

Zu Hause habe ich Denkübungen gemacht und am meisten ging es dabei um mich selbst. Ich laufe weiter, ich laufe aus. Zu meiner Linken stehen Büsche mit fiesen Dornen, aber bis zu mir reichen sie nicht. Die Reichen wohnen hier nicht. Nachbarn, reicht mir eure Hand und weint mit mir, denn ich laufe aus.

Als ich selbst noch ein Kind war, hatte ich eine Freundin und die hat immer gesagt: Lebst du in der Unterschicht, ist das Leben ein Lachunterricht. Aber niemand von uns kam aus der Unterschicht außer sie selbst und für sie war das Leben ganz sicher kein Lachunterricht. Ständig wurde sie von irgendjemandem in die Dornen geschmissen.

Manchmal ist es lit und manchmal ist noch litter. Manchmal ist das Leben hart und manchmal ist es bitter. Manchmal wollen die Pferde aus der Koppel stürmen wie die letzten Menschen und manchmal bleiben sie einfach drin stehen und schnaufen nur und ihnen ist es völlig egal, ob sie auf dem staubigen Boden stehen oder über eine Wiese preschen.

Gestern habe ich gelitten, heute bin ich lit. Manche Pferde rennen nicht, denn sie wollen einfach nicht. Manche Dinge sind so leicht, dass sie überhaupt nicht liegen bleiben können.

Ich hätte gerne sieben Hengste, die um die Wette springen. Einer soll Anmut heißen und am längsten auf den Hinterbeinen stehen können. Der Zweite soll Wut heißen und die anderen beißen. Dass die anderen in der Überzahl sind, wird ihn nur noch wütender machen. Der Dritte soll Zufriedenheit heißen, sich umgucken und versuchen, immer genau das zu machen, was die anderen Sechs auch schon machen. Der vierte Hengst wird Mensch heißen, durchschnittlich sein, aber sich für klüger halten, als er eigentlich ist. Der Fünfte Hengst heißt

Sehnsucht und steht meistens nur da. Manchmal versucht er aber über den Zaun der Koppel zu springen, der so hoch ist, dass es nicht klappen kann, obwohl er der Kräftigste von allen ist und einen starken Willen besitzt. Oft verletzt er sich dabei. Der sechste Hengst wiederum heißt Flachs, ist flachsgelb, schmal und wendig. Wenn er über die Koppel trabt, gucken die anderen heimlich – gerne könnten sie das so schön wie er. Der siebte und letzte Hengst heißt Dominik und die allermeiste Zeit orientiert er sich an Flachs und Anmut, was ihm auch bestens gelingt. Nur manchmal, wenn er Drogen genommen hat oder in gewissen Vollmondnächten, da wäre er am liebsten wie Sehnsucht, wird wütend und fängt an zu weinen.

Kennt ihr den Moment, wo ihr tiefe Zärtlichkeit für jemanden empfindet, aber wenn ihr den Mund aufmacht, kommt trotzdem nichts als Allerweltsgefasel dabei heraus?

Der alte Mann im Park guckt nach Sternenbildern, die dafür gedacht sind. Sternenbildern, die ihn dann nicht verzweifeln, sondern lächeln lassen, die seine Gefühle erkennen und sich darum kümmern, dass die in Ordnung sind. Und wie sollen die dann anders heißen als *der große Rainer?,* fragt sich der Mann. Wie sollen die nicht *der lustige Reinliche* heißen oder *blau und zum Himmel geneigt*?

Du ziehst dir schöne Sachen an und spielst das alte Spiegelspiel, erfindest die Personen neu, die da vor deinem Spiegel stehen. Und singen könn' die alle schon und singen könn' die alle schön.

Ein Mensch ist einfach zu stark geworden. In den größten Körper der Nation geboren. Im Kindergarten den Spitznamen *die dumme Starke* bekommen. In der Schule keinen Freund bekommen. *Alt,* dachte sie selbst, *kann man mit so einem Körper nicht werden. Dafür ist der Kopf zu groß und wenn ich tanze, sehe ich aus wie ein Eisbär und wenn ich im Bett liege, wie ein Landstrich, der über die Jahrtausende im hohen Norden ganz ruhig geworden ist und das könnte doch jemandem gefallen?! Ach Menschen, manchmal fühle ich mich genau so einsam wie mein bester Freund der Albatros.*

In einem Tunnel aus Gefühlen sitzt ein Löwe, er ist still.
Kommen weitere Gefühle, bleibt er weiter lieber still.
Fragt ein Löwe in die Stille eine ganz normale Frage,
fragt sich alles über Freundschaft oder Dinge die da wären,
bleibt auch alles andere still.
In dem stillen Tunnel Hoffnung eines ganz normalen Lebens,
eines ganz normalen Löwens, sind Gefühle und die rufen,
und die Hoffnung namens Dinge und der Löwe der hat
Hoffnung,
aber weiter lieber still.
Doch auch ein Ding kommt in die Tage und auch Mama geht
mal fort.
Kommen weitere Gefühle, geht ein Löwe wieder fort.
Und dann wieder andere Dinge und ein Löwe der ist still,
denn der Wille eines Löwens ist die Hoffnung namens Stille
und sein Wille namens Hoffnung macht auch alles andere still.
Und mit weiteren Gefühlen kommt ein Wandel.
Und der Tunnel fühlt sich eng an für den Löwen.
Und dann fliegen sogar die Gedanken weg.
Und dann fliegen sogar die Vögel weg.
In einem Tunnel aus Gefühlen fliegen sogar die Wolken weg.
In einem Tunnel aus Gefühlen fliegt irgendwie alles weg.
Und ein absoluter Löwe sitzt im Tunnel und beschwert sich,

denkt an Dinge, die mal waren, und verzehrt sich nach Gefühlen,
die in abgegrenzter Weise eine Klarheit in sich tragen,
denn aus Wolken aus Gefühlen kann man selber gar nichts fühlen,
außer manchmal vage Schmerzen und das mag er nicht.

Du stehst auf einer Bergstraße und die Sonne steht hoch. Auf der einen Seite ist das Meer und auf der anderen ist es grün. Es ist überall gleichzeitig und so hell, dass es nicht ist als ob die Sonne scheint, sondern einfach Licht da ist. Du siehst Wellenberge über das Meer ziehen, die von hier oben aussehen als seien sie langsam, aber du weißt, dass sie schnell sind und sie sind größer als normal, viel zu massiv. Es ist schön das zu sehen, aber du hast Angst, denn irgendetwas anderes ist auch viel zu stark, du weißt nur nicht was.

Du wirst von Visionen heimgesucht: du beim Salto rückwärts. Du auf dem Rücken liegend. Du beim Tanzen. Du mal wieder der Schönste im Raum. Hier spürst du genau die gleiche Energie, aber diesmal von außen und da musst du staunen.

Ein Mann kommt die Bergstraße hochgelaufen. Du weißt von ihm nur, dass er kein glückliches Leben hatte und er auch den Menschen um sich herum kein Glück gebracht hat, aber jetzt sieht er sehr feierlich aus und als er an dir vorbei und dann den Abhang hinunter in den Tod schreitet, weißt du warum. Nun hat er also das erste Mal in seinem Leben Verantwortung für seine Taten übernommen, denkst du und kommst nicht darum herum, ihn als einen prächtigen Menschen zu preisen.

So lange wie du ihn noch sehen konntest, ist er ganz aufrecht geblieben, obwohl der Abhang eigentlich viel zu steil dafür war. Aufrecht in den Tod, denkst du. Und dann denkst du: Er ist zur Natur gegangen, schaust auf das Meer und hast Angst.

Du stehst auf einer Bergstraße und fühlst dich verlassen. Du stehst auf einer Bergstraße und das Einzige, was jetzt noch zählt ist die Natur.

Ich lebe in einer Welt die stirbt und alles fließt aus mir heraus. Im Kunstkurs bauen die Teilnehmerinnen ihre Skulpturen aus Pappe und Kleber und Farben.

Autos fahren, wie vom großen Zeigefinger ihren Spuren zugewiesen, töten unseren Planeten. Und langsam immer schneller.

Ich lebe in einer Welt die stirbt, und alles fließt aus mir heraus. Und Leuchten, wie aus tausend Taschenlampen tausend Strahlen, aber eben jetzt nicht mehr auf mich.

Verschlüsselt, verschlüsselt, verschlüsselt. Als wenn man für alles einen Code braucht, den man nicht weiß, den man sich auch nicht ausdenken darf, den man schon wissen muss, aber nicht weiß.

Dagmara Kraus

Das googlitchige lórschapelekin
Deutsche Classiker des Nuttekaktersm

... mîn tiutsch ist etswâ doch sô krump ...
Wolfram von Eschenbach

I. Der, die, das *googlitch*

Kürzlich gab ich das bei Alois Haas entdeckte[1] Kompositum »*bickelwort*«, das als Wortneuschöpfung Gottfrieds von Straßburg und *hapax legomenon* seines Werkes ein »fremdes« oder »zusammengewürfeltes« Wort meint, bei Google ein. Prompt erschien ein genuines Bickel- und Würfelwort in seltsamer Zusammenstellung auf meinem Bildschirm, vergleichbar denjenigen, die Gottfried selbst in den Versen des anscheinend allzu unverständlichen *Parzival*-Dichters Wolframs von Eschenbach als solche moniert. Die Seite sprang mich mit einer Groteske an:

Deutsche Classiker des Nuttekaktersm - Bände 9-10 - Seite xxxiii
https://books.google.fr/books?id=vAcpAQAAIAAJ
1870 - Lesen - Mehr Ausgaben
4639 **bickelwort**, Würfelwort; fremder, ungewöhnlicher Ausdruck. – 4640 lórschapelekin, Lorberkränzlein. – 4641 wän, Hoffnung, Anspruch; äne volge, ohne Zustimmung anderer. – WOLFRAM VON ESCHENBACH. L. C der läze uns bi dem ...

Mittelhochdeutsches Wörterbuch: mit Benutzung des Nachlasses von G. ...
https://books.google.fr/books?id=k8Otamw4iToC
Wilhelm Müller - 1861 - Lesen - Mehr Ausgaben
8, 276. **bickelwort** tin. stichelrede (oder zusammengewürfeltes wort?), tgl. Steider 1, 169. gwer nu des hasen geselle sí und Of der worte heide hôch- sprunge und wltweide mit bickelworten welle sin Trist. 4639. bezieht sich auf Wolfram ton ...

Wolfram-Studien XVIII: Erzähltechnik und Erzählstrategien in der ...
https://books.google.fr/books?isbn=3503079181

1 Alois M. Haas, *Mystische Denkbilder*, Freiburg i. Br., Johannes Verlag Einsiedeln, 2014, S. 636.

»Nuttekaktersm« ist ein automatischer Textscanlesefehler, der sich als OCR-Erkennungsproblem im Laufe der Konversion eines analogen Textes in ein Digitalisat einstellte. Willkürlich generiertes Quasi-Synonym für »Mittelalter«, dessen roboterbedingte Überschreibung er darstellt, fliegt das Wort bereits seit 2012 als krumpes Perioden-Palimpsest im Netz herum. Aus einem rechnerisch unnachvollziehbaren Störmoment entstanden, ist »Nuttekaktersm« zugleich eine Art halb-surreales »Google-*glitch*«, ein übersehenes, seitenweise kolportiertes Übersetzungsartefakt der Retrodigitalisierung.

Per Kontamination könnte man einfach »*googlitch*« dazu sagen. Das Adjektiv dazu lautete wohl »*googlitchy*« und das den Screenshot eines solchen bezeichnende Substantiv – man ahnt es bereits: zu bilden wie »Selfie« – »*googlitchie*«. Möge es nach Léon Bollacks Vorbild[2] für das (oder »den«, ich bin mir unsicher) *googlitch* und seine Flexionshypostasen festgelegt sein, konzernlogogemäß regengebogen zu werden, wo geschrieben. Ausgesprochen wie das Suffix »[-age]« / »[-ʉage]« in »language«, könnte die *Googlitch* bzw. **googlitch** ['gu:gl̩ɪt̬ʃ], artikelfrei neutral und genderkorrekt, auch eine global verbabelte Weltsprache sein als Fewspeak für Freaks und Titel eines Lexikons, das sich mit diesem Eintrag und den verstreuten Definitionen des potentiellen Neologismus beginnen ließe. *Googlitching* juckt in den Fingern.

Der erwürfelten »Narrenrede« Gottfrieds steht das *googlitch* »Nuttekaktersm« jedenfalls in nichts nach. Arp- und

2 Léon Bollack wünschte sich für seine Plansprache *langue bleue* oder *bolak*, dass man alle in ihr verfassten Texte blau schreibe. Vgl. http://digital.onb.ac.at/RepViewer/viewer.faces?doc=DTL_3429564&order=1&view=SINGLE u.a.

artverwandt mit »Flarf«, eignete es sich vortrefflich als Baustein einer *googlitch*-Poesie – Parapoesie aus digitalen Fehlern. In seiner arbiträren Obszönität verweist »Nutterkaktersm« nämlich nicht nur auf eine digitaltranslatorisch pervertierte Sprache, wie sie durch automatische Sprachumrechnungsvorgänge und den ringsum grassierenden Buchbillgnachdruck in Non-EU-Staaten in die Welt kommt. »Nuttekaktersm« klingt mit seinem hier abgerochenen – Quatsch: abgebrochen-angerochenen Ismus fast wie eine Bewegungs- oder Gattungsbezeichnung, wie ein Name für nicht weniger denn ein ganzes postlyrisches Zeitalter dichterischer Textbehandlung »ohne eigene Zutat« – hinsichtlich ihres Hauptprotagonisten Zufall seit Mallarmé oder Dada ein Traum in Sachen poetischer Wortfindung.

II. »UNGEFREUT VERROCKEN«

Digitale Poesie ist Nuttekaktersm, wo sie sich die Fehler nicht selbst programmiert, aber auf unfreiwillig entstandene zurückgreift. Echtes, gelungenes »Nuttekaktersm« muss dabei so selten sein wie ein gutes Gelegenheitsgedicht. Anstatt *wän*loses Mahnmal für die OCR-Bucheinlesepraktikanten zu sein, denke ich mir »Nuttekaktersm« als ready-gemachte, transtiutsche List, trotz ausgesprochener Hässlichkeit mit randomisierten Bickel-Federn ein abseitig wucherndes Blatt vom *lórschapelekin* zu ergattern, wo unverhofft Poesie aus *googlitchies* erwächst, also bickeligen, pickeligen bunten Früchtchen, die meinem Poesie-Verständnis nach als Bildpoesien fungieren könnten, herstellbar nicht durch Collage, sondern, weitaus müheloser, als Bildschirmfotos mit Titelzuschreibung.

»UNGEFREUT VERROCKEN« wäre ein solches *googlitchie*-Beispiel. Es kommentiert »ditz gereite [...] mit grôzer wîsheite« polyglott, um mit einer »verschamt[en]« Verbeugung vor Chlebnikow auf »scharlachen [...] erlachen« zu enden:

Deutsche Mystiker Des Vierzehnten Jahrhunderts.: Buy Deutsche ...
https://www.flipkart.com/deutsche-mystiker.../itmd7rje8pfpcvbt - Diese Seite übersetzen
₹1,399. ₹1,699. 17% off. **Deutsche Classiker Des Nuttekaktersm**, Volumes 3-4... ₹2,099. ₹2,599. 19% off. **Deutsche Classiker Des Nuttekaktersm**, Volumes 1-2.

UNGEFREUT - Definition and synonyms of ungefreut in the German ...
https://educalingo.com/en/dic-de/ungefreut
Deutsche Classiker des Nuttekaktersm. 409 Dancwart unt Hagene die wären ungefreut. ‚ew wie iz dem künege ergienge, des sorget' in der muot. sie dâhten: ...

VERROCKEN - Definition und Synonyme von verrocken im ...
https://educalingo.com/de/dic-de/verrocken ▾
Deutsche Classiker des Nuttekaktersm. IX, 1464. verrocken swv. XV, 707. verschamen swv. pari. verschamt III, 1633. verschemen swv. II, 938. III, 1632. VI, 1261.

ORTSNAME - Significato e sinonimi di Ortsname nel dizionario tedesco
https://educalingo.com/it/dic-de/ortsname
Deutsche Classiker des Nuttekaktersm. Ascalûn, Ortsname: zu VI, 1249. Atia, Asien IX, 1893. Assigarzionte, Ortsname: pfelte daher XV, 76. Asiiroth , Name ...

WETTERKUNDIG - Definition and synonyms of wetterkundig in the ...
https://educalingo.com/en/dic-de/wetterkundig ▾
Deutsche Classiker des Nuttekaktersm ... ditz gereite 7535 mit grôzer wîsheite. 7510 7515 7520 7507 scharlachen etn., ein feines Wollenzeug. — 7508 erlachen ...

III. Neu-Indogermanisch

Irgendwo in Indien, wo alle sechs Doppelbände der *Deutschen Classiker des Nuttekaktersm* verlegt und aufwendig hergestellt werden, glaubt man an »Nuttekaktersm«. Man glaubt an »Nuttekaktersm« als Deutsch. Und man glaubt an die Bedeutung eines historischen Buches, das so, doch niemand weiß dort davon, gar nicht existiert. Das explizite Bekenntnis zu diesem Buchfake als Buch klingt recht unpathetisch, aber behauptet entschieden: »We believe this work is culturally important«. Ironisch wird dem Käufer versichert: »We appreciate your understanding of the imperfections«.

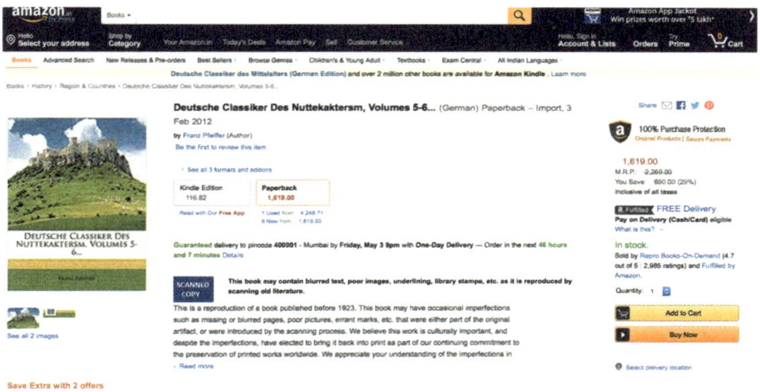

Seit Februar 2012 wird offiziell mit den Postpfeifferschen Nuttekakclassikern als kulturell wertvollen Werken gehandelt. Sie werden ins deutschsprachige Ausland exportiert und vielleicht sogar auch vor Ort in Asien gelesen, vorausgesetzt, jemand zahlt die von *Amazon India* für die jeweils zwei zu einem einzigen zusammengeschlossenen Bände veranschlagten 1619 bis 2599 Rupien und lässt sie mit der unschleifbaren Keltenburg auf dem Buchumschlag für umgerechnet knappe 20–30 Euro, 17–20 % Reduktion eingerechnet, nachdrucken. Die da »Nuttekaktersm« schreiben, wissen natürlich nicht, was sie da schreiben, geschweige denn, was sie bewerben. Denn sie wissen nicht, was sie lesen, wenn auf dem nachzudruckenden Cover steht: *Deutsche Classiker des Nuttekaktersm*. Hierzulande streut der Titel zweifellos sogleich falsche Assoziationen; dort liest sich »Nuttekaktersm« nicht anders als die Worte »Classiker« oder »Deutsche«. Erstaunlich, dass die Franzosen es nicht besser wussten, als die Inder. Ein Gleiches lässt sich von den Schweden sagen:

Ja selbst die Deutschen wissen es nicht besser. Dabei sollten diejenigen, die es auf »bücher.de« verkaufen, doch etwas mehr davon verstehen. Schnell wird deutlich, dass das für schlappe 41,99 Euro im Internetportal verscherbelte Werk und sein Inhalt aus Indien importiert wurden. Für mich klingt das ganz nach einem Märchen: Es war einmal urdeutsches Tiutsch. Über sieben Jahrhunderte zog es durch die Welt, bis es endlich durch Indiens Englisch kam, das seine Schionatulander und Sigune zwar um ein Googlitch reicher machte, aber zugleich alle ganz krump aussehen ließ. [...] Und so lebte es in der Indogerma-Nische noch lange vor sich hin:

Lediglich Google berichtigt – oo!, aber sieht mit seiner rotgelben Brille und nuttekaktersmblind nur das C, weshalb es mir trotz Erststellenfundes die »klassiker« suggeriert:

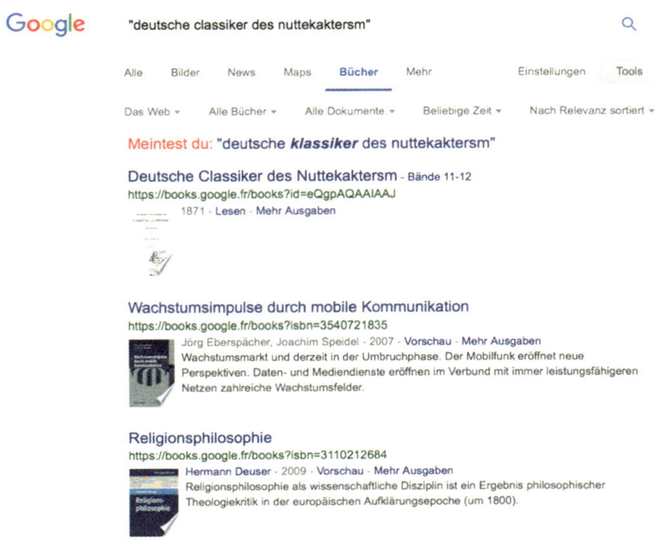

Aber wen interessierte schon ein unwesentlicher Titelfehler! Was zählt, ist doch die Ausführung der Bindung, dass das Buch perfekt genäht wird, schließlich soll ein Classiker länger leben:

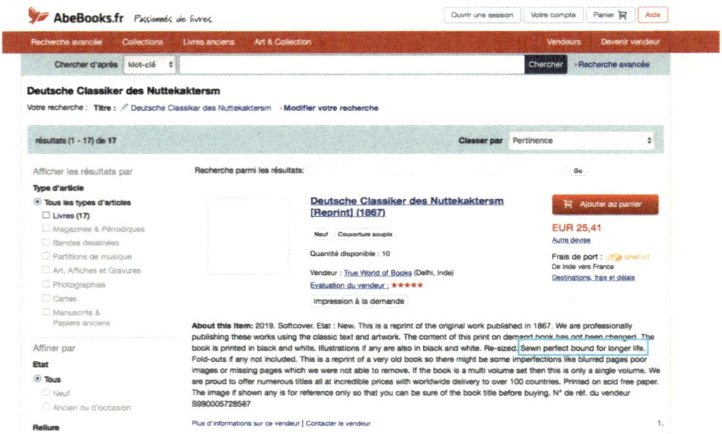

Länger lebe *Tristan* als *Deutscher Classiker des Nuttekaktersm*! Auch *Titurel*, jetzt *Deutscher Classiker des Nuttekaktersm*, lebe länger, *Parzival* ebenso. Hartmann von der Aue hat – für diejenigen, die es nicht glauben werden – tatsächlich auch einen *Deutschen Classiker des Nuttekaktersm* verfasst und ist, wie seine Dichterkollegen, aus der Reihe der Nuttekaktersmänner nicht wegzudenken. *Deutsche Classiker des Nuttekaktersm* ist ein *Deutscher Classiker des Nuttekaktersm* und der erste Googlitch-Classiker:

Deutsche Classiker des Nuttekaktersm - Bände 5-6
https://books.google.de/books?id=PQYpAQAAIAAJ

1867 - Lesen - Mehr Ausgaben

Deutsche Classiker des Nuttekaktersm - Bände 9-10
https://books.google.de/books?id=vAcpAQAAIAAJ - Diese Seite übersetzen

1870 - Lesen - Mehr Ausgaben

Deutsche Classiker des Nuttekaktersm - Bände 7-8
https://books.google.de/books?id=8wYpAQAAIAAJ - Diese Seite übersetzen

1869 - Lesen - Mehr Ausgaben

Deutsche Classiker des Nuttekaktersm - Bände 11-12
https://books.google.de/books?id=eQgpAQAAIAAJ - Diese Seite übersetzen

1871 - Lesen - Mehr Ausgaben

Deutsche Classiker des Nuttekaktersm - Bände 1-2
https://books.google.de/books?id=lgQpAQAAIAAJ - Diese Seite übersetzen

Franz Pfeiffer - 1864 - Lesen - Mehr Ausgaben

IV. Was geistert...

Globalisierung, *lost in translation*, und seine Geister. Denn genau genommen ist »Nuttekaktersm« ein *ghost in translation*, ein Buchgeist, der im hiesigen Fall schon seit 1867 sein Unwesen treibt, aber erst neuerdings die Bibliotheken zu verlassen haben scheint, um lieber durch das Internet zu spuken. Dieser harmlose Wiedergänger steigt arg lädiert in das Gespensterleinen – ein Hahasver des Buchdrucks, Geist des guten Futenbergs. Zum Glück kommt Franz Pfeiffers Geist noch nicht klopfen, aber er drehte sich gewiss gern im Grabe, wo er auf den Buchcovern unterhalb von Burg oder Uhr geschrieben liegt[3], um. Denn: *Ceci n'est pas un Pfeiffer*

3 https://www.perlentaucher.de/tagtigall/das-googlitchige-lorschapelekin-von-dagmara-kraus.html

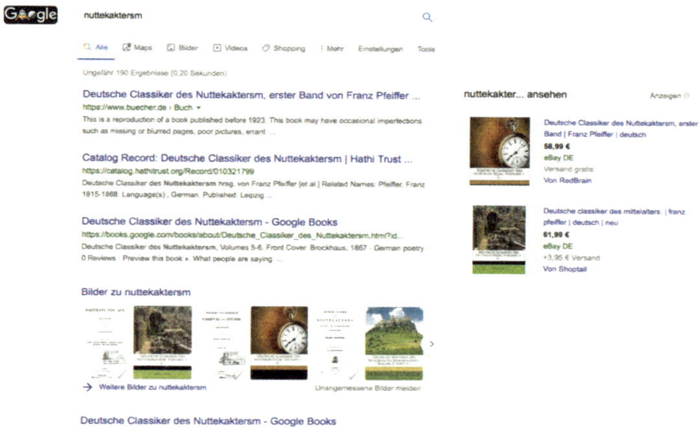

Reprint on demand entspricht wohl einer prekären, potentiell pausenlosen Geburt von Nachbüchern aus dem Geist jener Geister, der ein Fehlerteufel ist und der von der Schulter herabflüstert: »Der Inhalt dieses Buches wurde nicht verändert.« Und: »You can be sure of the book title«:

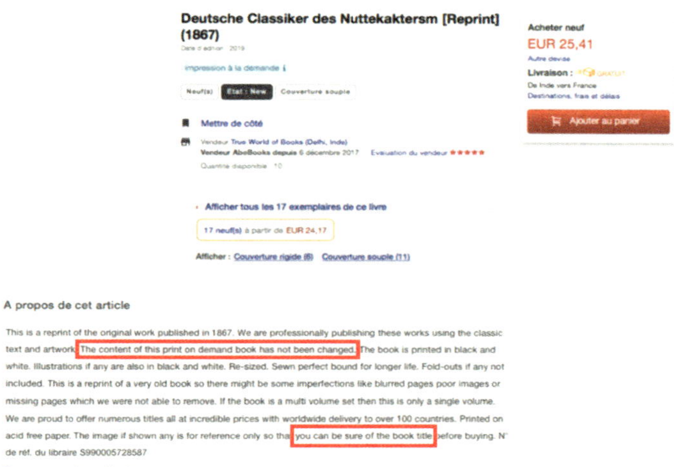

Pfeiffer pfeift. Aber: *Habent sua fata libelli*, kommt mir da in den Sinn. Manche habent eben suum Vater Diabelli, wieder andere Väterchen Diabolus, den Lügner. Asche aufs Haupt, aber wessen? Hat der Roboter, der die Gleichung Mittelalter=Nuttekaktersm einführte, überhaupt eines? *Cherchez la femme*, und ihr findet sie nicht, erst recht keinen Buhmann. Denn wo ist das Googlitch-Gesicht des Übeltäters, der für den Diebstahl bei Pfeiffer und für jenen unhübschen Schnitzer verantwortlich ist? • • , ı... Er ist zweierlei: 0 und 1. Also Asche auf die Nullen, Asche auf die Einsen, wo während des Schubs Pfeifferschen Füße-Libers fehlgenulleinst wurde. Der Räuber hat sich davongemacht. Aber hathi trust dem dieb, muttu aufschreiben als APA oder MLA:

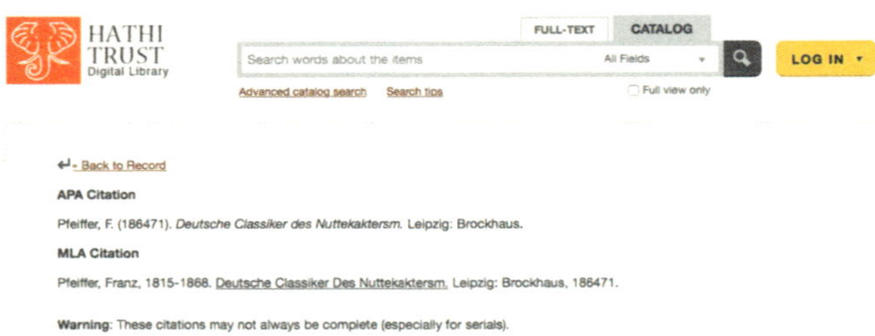

Was mal so hängen bleibt. In einem Blicken zum Beispiel. Im Netz. Die recht uncarrollsche Weltgrinsekatze WorldCat kennt den Windhund »Nuttekaktersm« und hängt sich hier in sein stumpfes Gaffen:

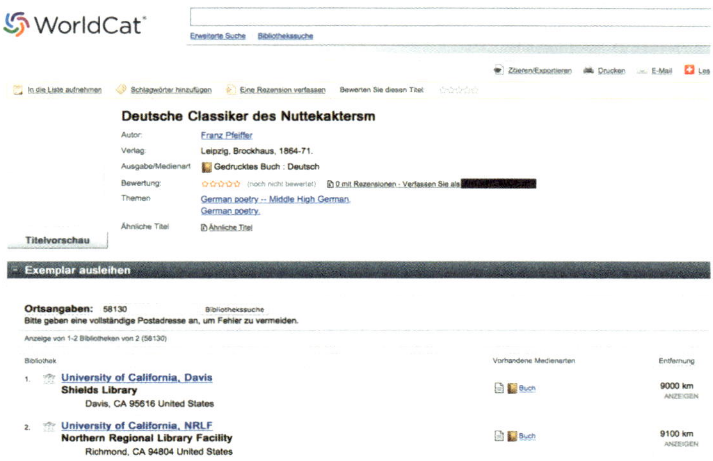

Schionatulander wird Nuttekaktersm nicht einfangen und zurückbringen. Denn jetzt, da ich dies schreibe, hat ein **google**-Mitarbeiter irgendwo in der klitzekleinen Welt den Hänger vielleicht schon ausfindig gemacht und bereits getilgt. Signune hat aber ein Talmisteinchen in der Hand zurückbehalten, als ihr die glitchglitschige Leine durch die Hände glitt.

arpropriation

(zu wolkenpumpe)

federbuckel federbuckel
hats gerufen seraphim
nicht die rundung nicht die
rundung wöllen nimi singen

klingei trumbei klingei trumbei
riff aufs klapperbrett
riecht recht miese riecht nach
weise dünneleises bajzelett

auge zünde auge zünd und
pumpe pump bis kubis-kett
drache patzet mio hio
leiterlei hat weggezogen

eh ums klötzlein wais sich logen
vogelstimmer -stimmerin
immer immer fällt ach immer
immer fällt sie niminacht
pumpum bogs warumbe hin

Léonce W. Lupette

Guillaume Apollinaire
Rolandseck

A Rolandseck je rêvais sur la rive verte
La nonne de Roland dans l'île Nonnenwerth Semblait passer
ancienne parmi les fillettes
Les sept montagnes dormaient comme les bêtes
Enfin lasses qui gardaient les princesses légendaires Et
rêvant j'attendais le bac rectangulaire
Des gens descendant venaient aussi pour passer le fleuve
Trois dames au parler hanovrien
Effeuillaient sans raison des roses dans le Rhin Qui semble
une veine de Ton Corps si noble
Sur la route bordant le fleuve et tachée d'ombre Fuyaient
tremblant de peur
Comme des chevaliers indignes les autos
Tandis qu'au fil du Rhin s'en allaient des bateaux A vapeur

Léonce W. Lupette
Rolandseck

In Rolandseck träume ich im Bellevuechen
Auf der Insel Nonnenwerth wandle Rolands Hildegündchen
Als Greisin zwischen den Freibadmädchen
Die sieben Berge schlafen wie die Tiere Dalís,
Endlich erschöpft, die hüten die betuchten Bonner Damen
Während ich träumend auf die Fähre nach Bad Honnef warte
[da gehe ich nämlich immer beim Netto einkaufen]
Vom Bahnhof her kommen Leute, die wollen ebenfalls übersetzen
So wie der junge Mann mit Göttinger Akzent

Im Museumsbistrot wirft man sinnlos Rosen vom Balkon Doch
zur noblen Rivière gelangt nicht deren Dorn
Auf der B9 die den Fluss säumt mit dunklem Asphalt
Preschen zitternd vor Übermut
Wie ehrlose Ritter die SUVs ohne Halt
Während den Rhein entlang die Frachtkähne Container
fortbewegen Durch die Flut

Die außm Elsass Störche. Schnabelkatzl ? -- na, ne, nee. Ne faisons pas de suppositions, ou de superpositions. Die Wahrheit habe ich nicht mit Löffeln gepachtet, sondern mit Gabeln. Gespachtelt. Fünfzinkigi Gawel! Ein Storch macht noch keine Jahreszeit. Störrische Storike die rumderikle. La Gascogne? Ich stoß mir den Kopf lieber woanders.

Noch ein paar Korkenploppen weiter und die Sprache besteht mal wieder vorrangig aus Vodkalen und Kornsonanten. Die Miniaturonomatopoesien: blub oder bumm. Pim & Paff. So läuft das hier, die Chose. Ma'n Ding drehn, so nen richtig großes. L'œil dans la merde & l'oreille dans l'oseille. Lasst mal den Ampfer rüberwachsen.

Bis zur bitteren Neige. Welcher Schnee einen dort wohl erwartet? Im Himmel: eine dreckige Ader Erdbeereis, die aus erschöpftem Erdölsorbet hervorjauchzt. Dann militärolivene Dumpfheit. Weshalb heißen Haupt- und Nebenregenbogen nicht Unter- und Überregenbogen, und ich frage mich, welche von beiden Varianten die hierarchischere wäre, also ob ich eher an Haupt- und Nebenschauplatz denke und Unter- und Überbau, oder Haupt- und Nebenfigur, Über- und Untermensch. Die Sprache im Französischen ist nur eine Wolke mit einem L und ein paar verwurschtelten Buchstaben. So tanz ich mir mal wieder mich selbst aus dem Leib.

Allons-nous en Patagonie, où rien n'entoure rien ? Non, mais à pattes, y en patas, too, vers l'Agonie peut-être, oui oui. Mais non. Denn keine negative Insel suchen wir, nein nein. Schließlich gibt es auch hier keine durchsichtigen Provinzen. Morpheme bringen die Landschaft zum Morphen. Morfil – weder ums Fressen noch um Elfenbein geht es hier und auf Walisisch legen wir für die Wale ein Veto ein. Wir suchen den Hafen und trachten danach, die lokalen Pharaonen aus den Pyramiden wegzuthronen. Es ist nicht immer klar, ob wir, im selben Boot, dann auch den selben Schiffbruch leiden. Vielleicht können wir auf einer Halbinsel stranden.

I. Für Diana Albornoz

Eine Mondlichtbotin – die hätte ich auch gern, in dieser betonbedingten Himmellosigkeit. Vielleicht auch nur eine Frage der Betonung. Eine am Schlimmsten verwirrt wordene Frage. Botin – ¡un botín! – eine Beute. Motín, eine Meute. Mutet an und mutet zu. Ich fass mir ein Herz und ans selbe. Es springt wie das einer jungen Giraffe. Verworrenheit entsteht bei der Berührung von Interessen.

Moral, der Herr, das ist – aber das wissen Sie längst, vielleicht gar besser als ich, doch im Vorgarten einer Unabhängigkeitserklärung davon mögen Sie womöglich mir die Frage konzedieren, warum Sie dann so schreiben, noch dazu im vielleicht gar nicht ganz so weisen Herbst. Verrottet ist Vieles, und auch der faule Blick verdirbt so manche Schätzung. Weiß auf Weiß können wir die Zusicherungen noch grad so vertragen. Bloß kein Trigger, tranquilo. Lebertran.

Auch zwischen Orange und einem Gewitter liegt bloß der winzige Unterschied jener Variablen aller unbestimmten natürlichen Zahlen. Brechungsindex. Milliardstel. & when I say *entre*, ¿sprech ich dann Francés oder Spanish? Ich würde Sie gerne hereinbitten. Die Bibliothek weilt unverputzt und regallos (alles ein Geschenk), auch fehlen uns Arbeiterhelme. Entalpija. Lassen Sie uns die innere Energie des Systems sabotiern, die Volumenarbeit. Wir wissen: diese Rechengrößen können nicht direkt gemessen werden. Trabas. Travail. Travarica. Der Umgebung muss kaum was entzogen werden. Für Wärme ist gesorgt. Die Getränke stehen kalt.

Für Olja Alvir

Prière de la manchot

atheistisches Gebet mit Jean Arp
und einer Pietà um 1400 (Salzburg?)

I

Maria gib mir deine Hand die
Terrakottahand die du verlorst

la main que nous ressontons en
toute chose grande ou petite

Maria, gib mir die Hand die
schützende die deine, die
dir fehlt

la parcelle la plus minime est protégée et
arbitrée par cette main

Hat ein Soldat sie dir geraubt sie dir
zerbrochen während der Entführung
als er auf der Flucht
– ¿in welchem Krieg? ¿auf welcher
Seite? – von der umkämpften
Cathédrale – ¿in Feindesland? ¿in
Freundesland? – dich trug und dich ob
des Gewichts unachtsam falln ließ – ¿ein
Malheur?

partout cette main est en
jeu

Maria, gib mir deine Hand,
die Hand, ta main, und halt sie über

mich, derer – ¿wie lange schon? –
du so entbehrst

II

Und auch die Aragonsche Frage nach der Hand und
die Rimbaudsche Frage nach der Hand und meine
Frage, Maria, an welchem Umschlagplatz von
welcher arbeitslosen Nonne welchem arbeitslosen
Mönch der museale Grundbestand der einer
Schließung sich verdankt

nach der Entklosterung (vernünftig) und
dem Aufstieg von Salpeterfabrikanten –
–
¿Kann ich auf Händen übers
Scheidewasser schreiten, es gar
greifen?

Maria weis mit deiner Hand, die du
nicht hast, den Weg zum
Hotzenwald zu Hans aus Buch

Hier: *des mains nues*
Drei letzte Worte

Auch was nicht da ist, und
grade all jenes, ist zählbar

Maria reich mir deine
Hand

III

Sei gegrüßt, sagt der Engel, und:
Fürchte dich nicht
Handsome (That bastard, and
then some)

la main porte une cloche
dormante

und die Handhabung des
Ausgehändigten erschließt
sich mir nicht durch die
Handlung

alles das was
wieder sich
zerzittert

in der Ufer- und Ankerlosigkeit im
Kreis werdender Leichen im
zerhimmelnden Qualm

Hilf mir lesen, Maria, mit deinem
Mangel an Fingern die übriggebliebnen
Fragmente in Braille auf dass nichts
verkomme

Grüß mich zurück, Maria, mit der Hand,
erwidre meinen Gruß
mit deiner abwesend glänzenden
Hand

Le Readymade heureux de Léonce
Anleitung für ein Readymade
II. Hommage an Suzanne & Marcel Duchamp
sowie an eine Wohnung

1919 heiratet Suzanne Duchamp in Paris. Ihr Bruder Marcel befindet sich in Buenos Aires und die Nachkriegswirren versagen es ihm, bei der Hochzeit zugegen zu sein. Als Geschenk aber sendet er eine Postkarte mit der Anleitung zu einem Readymade: Ein Geometriebuch sei am Balkon aufzuhängen und sein Verhalten bei Wind und Wetter zu beobachten. Die fotographische Dokumentation davon ist bis auf ein Bild weitestgehend verloren, aber es existiert noch ein Ölgemälde von Suzanne, »Le Ready-Made malheureux de Marcel«, 1920. Anlässlich des 60. Todestags von Suzanne als auch des 65. von Marcel im Herbst 2023 habe ich ein Lehrbuch der Geometrie für Mädchen-Lyzeen von 1919 an dem Balkon der Arp-Wohnung in Rolandseck über dem Rheinufer befestigt und die Abenteuer des Buchs dokumentiert. Doch damit nicht genug. Es folgt eine Anleitung für ein weiteres Readymade:

Abmontierung des Balkongeländers inklusive des aufgehängten Geometriebuchs für Mädchen-Lyzeen zum Zwecke von deren Ausstellung im Arp Museum Bahnhof Rolandseck

1. Zunächst müssen sämtliche Türklinken und Fenstergriffe der Arp-Wohnung in der Bonner Straße 65 abmontiert werden.
2. Die Griffe und Klinken sind zu Stefan's Schmiede in der Steinstraße 2, Bad Honnef zu bringen, wo sie eingeschmolzen werden sollen.
3. Ebenda aus dem gewonnenen Metall eine große Säge fertigen lassen, die Stahl sägen kann.

4. In der Wohnung sind nun mit dieser Säge zuerst die drei Pfosten unterhalb der Fußleiste des Geländers durchzusägen.
5. Dann links und rechts die jeweils untere Wandhalterung.
6. Die oberen Wandhalterungen durchsägen, dabei sollten drei Personen – jeweils eine an den Extremitäten des Geländers und eine in der Mitte – das Geländer vorsichtshalber halten bzw.
   stützen.
7. Zuletzt ist die Stützstrebe in Wandnähe durchzusägen.
8. Das Geländer muss daraufhin die 128 Stufen im Wohngebäude hinabtransportiert werden, dann die zehn Eingangsstufen, dann die 21 Stufen zum Museum, dann die 30 Stufen zum Tunnel, und schließlich die 230 Stufen in den Ausstellungssaal. Dort kann das Geländer mit dem Buch nun von der Decke gehängt ausgestellt werden.
   Das Buch wird sich freuen.

Als passendes Begleitgetränk eignet sich der Spätburgunder Blanc de noir von Sermann, 2021 Bellabianca trocken, Ahr, 12 %, erhältlich im Intérieur No. 253

Die Abenteuer des Geometriebuchs für Mädchen-Lyzeen am Geländer

Safiye Can

Himmlische Kunst 02

Bilder wie Licht
wie Leiden eiden
Magie, Emotionen
Herzklopfen opfen
Wir sind viele –
die gestalten alten
& in der Not
leben eben
Ein Hoch auf das
sinnliche
Durchdrehen ehen.

HIMMLISCHE
Kunst
02
BILDER Wie LICHT
Wie leiden eiden
Magie, Emotionen
Herzklopfen opfen
WIR SIND VIELE –
Die gestalten alten
& in der Not
leben eben
Ein Hoch auf
Das SINNLICHE
DURCHDREHEN
EHEN

Alles beginnt mit einem Traum

Ein Blick
durch den Winterzauber.
Trost der Worte
schöne Aussicht.
Liebe steht
niemals still.
Mit offenen Augen
atmen wir
die Eleganz der Landschaft
ein –
wir leben.

Alles beginnt mit einem Traum
EIN Blick durch den
Winterzauber
TROST DER WORTE
SCHÖNE AUSSICHT
Liebe steht
niemals still.
Mit offenen Augen
ATMEN WIR
die ELEGANZ DER LANDSCHAFT
ein –
Wir leben

Platz für Allerei

(Gedicht für Kinder)

Raus
an die frische Luft!
Für große Abenteuer
wo Drachen summen, brummen
wo Insekten
Purzelbaum machen
Krabbeltiere experimentieren
wo Pferd und Hund spazieren
sich beste Freunde
unterstützen
und wie verrückt
im Regen tanzen.

Platz für allerlei

Raus an die frische Luft!

für Große Abenteuer
wo Drachen summen, brummen
wo
Insekten
Purzelbaum Machen
Krabbeltiere Experimentieren
Wo Pferd & Hund spazieren
sich Beste Freunde
Unterstützen
und wie verrückt
im Regen tanzen

Gedicht für Kinder

leben

stell dir vor, du musst fliehen

stell dir vor, du musst fliehen

stell dir vor, du musst fliehen

stell dir vor, du musst fliehen

stell dir vor, du musst fliehen

stell dir vor, du musst fliehen

stell dir vor, du musst fliehen

stell dir vor, du musst fliehen

stell dir vor, du musst fliehen

stell dir vor, du musst fliehen

stell dir vor, du musst fliehen

leben
Stell dir vor, du musst fliehen
Stell dir vor, du musst fliehen
Stell dir vor, du musst fliehen
Stell dir vor, du musst fliehen
Stell dir vor, du musst fliehen
Stell dir vor, du musst fliehen
Stell dir vor, du musst fliehen
Stell dir vor, du musst fliehen
Stell dir vor, du musst fliehen
Stell dir vor, du musst fliehen
Stell dir vor, du musst fliehen
Stell dir vor, du musst fliehen

Die Autoren und Autorinnen

Safiye Can, geboren in Offenbach am Main als Kind tscherkessischer Eltern, lebt dort. Autorin, bildende Künstlerin. Kuratorin der »Zwischenbibliothek« der Heinrich-Böll-Stiftung. Zahlreiche Veröffentlichungen in Lyrik, Prosa, Hörspiel. Zuletzt erschien »Poesie und Pandemie«. Gedichte. (Wallstein, Göttingen 2021); »HerzSchlagDrama«. Ausgewählte Gedichte. (Büchergilde, Frankfurt am Main 2023).
Arp im Ohr Stipendiatin im Jahr 2021

Dagmara Kraus, geboren 1981 in Wrocław. Lebt als Lyrikerin und Übersetzerin in Strasbourg. Seit 2021 ist sie Juniorprofessorin für Literarisches Schreiben an der Universität Hildesheim. Zuletzt erschien ihr Gedichtband »liedvoll, deutschyzno« (kookbooks 2020) und der Essai »Poetiken des Sprungs« (Urs Engeler, Schupfart 2022). Lyrikpreis Meran 2021.
Arp im Ohr Stipendiatin im Jahr 2019

Norbert Lange, geboren 1978, lebt in Berlin. Schriftsteller und Übersetzer (u.a. von Charles Bernstein, Jerome Rothenberg, George Oppen). Seit 2011 gibt er für die Zeitschrift »Schreibheft« Dossiers zu verschiedenen Autorinnen und Autoren heraus. Zuletzt erschien der eigene Gedichtband »Unter Orangen«, (Wunderhorn, Heidelberg 2021), und Übersetzungen der Gedichte Veronica Forrest-Thomsons »Sternzeichen Schütze« (roughbooks, Schupfart 2023).
Arp im Ohr Stipendiat im Jahr 2018

Léonce W. Lupette, geboren 1986 in Göttingen, ist ein deutsch-französischer Schriftsteller und Übersetzer, lebt in Argentinien. Übersetzer fürs Englische, Spanische, Französische und Deutsche. 2015 erhielt er für seine Übersetzungen von Gedichten Charles Bernsteins den Preis der Stadt Münster für internationale Poesie. Jüngste Gedichtbände: »/SERBAL/« (Editora de los

Bugres, Buenos Aires 2023«; »/Die Flüchtigkeit im Fossilen/« (hochroth, Heidelberg 2024).
Arp im Ohr Stipendiat im Jahr 2023.

Jean Portante, geboren 1950 in Differdange (Luxemburg) als Sohn italienischer Eltern. Er lebt in Paris. Sein Werk umfasst rund 50 Bücher – Gedichte, Romane, Essays und Theaterstücke – und wurde vielfach übersetzt. 2011 Nationalpreis Luxembourg. Seit über dreißig Jahren ist er als literarischer Übersetzer tätig. Im Verlag La rumeur libre erscheint eine Werkausgabe in drei Bänden, von denen zwei bereits erschienen sind.
Arp im Ohr Stipendiat im Jahr 2015

Barbara Felicitas Tax, geboren 1970 im belgischen Schoten. Lebt als freie Schriftstellerin in Berlin. Veröffentlichungen in Literaturzeitungen, übersetzte zusammen mit Norbert Lange den Gedichtband »Khurbn« von Jerome Rothenberg (Wunderhorn, Heidelberg 2017). Zuletzt erschien der Gedichtband »Gegenlicht« (Dortmung, edition offenes feld, 2021).
Arp im Ohr Stipendiatin im Jahr 2019

Tom Schulz, geboren 1970 in Großröhrsdorf. Lebt als Lyriker in Berlin und Italien. Zahlreiche Preise und Stipendien, u. a. Stadtschreiber von Erfurt (2019), H.-C.-Artmann Stipendium Salzburg (2022). Tätigkeit als Dozent für Kreatives Schreiben und für die open poems des Hauses für poesie. Zuletzt erschien: »Die Erde hebt uns auf« (Poetenladen, Leipzig 2024).
Arp im Ohr Stipendiat im Jahr 2020

Paul Watermann, geboren 1986 in Melle, studierte zunächst an der Sporthochschule Köln und anschließend literarisches Schreiben am Literaturinstitut Leipzig. Er lebt in Berlin. Zuletzt erschien »Moskovian Kinder« (Gans Verlag, Berlin 2024).
Arp im Ohr Stipendiat im Jahr 2022

Der Herausgeber

Hans Thill, geboren 1954 in Baden-Baden, lebt in Heidelberg. Lyriker, Übersetzer, Leiter des Künstlerhauses Edenkoben. Zuletzt erschien der Gedichtband »Karaoke2« (Urs Engeler, Schupfart 2024).

Inhalt

Hrsg: Hans Thill
Arp im Ohr 1

Anthologie. Gedichte und Reden.
Zur Aktualität von Sophie Taeuber-Arp und Hans Arp
88 Seiten, Broschur
Erscheinungsjahr: 2017, ISBN: 978-3-88423-574-4

Mit Beiträgen von: Arne Rautenberg, Eugen Gomringer, Nora Gomringer, Franz Mohn, Ulf Stolterfoth, Hans Thill, Zsuzsanna Gahse, Ursula Krechel

In der Reihe Arp im Ohr nehmen heutige Dichter*innen die Herausforderung an und präsentieren ihren Hans Arp oder ihre Sophie Taeuber-Arp – wie im Fall von Ursula Krechel. Es sind Texte auf Motive der großen Klassiker der Moderne, die für diesen Anlass verfasst wurden, Gedichte und Reden.

www.wunderhorn.de